KB266335

크리처스

곽재식
크리처스
10 괴물 대결전 편下
신라괴물해적전
곽재식×정은경×안병현

1

"오늘도 해적이 졌군."

철불가는 갑판의 돛대에 단단히 묶여 있었다. 새벽하늘 아래 바다는 아직 푸르스름한 어둠에 잠겨 있었다.

"무슨 말이오?"

고이랑은 잔잔히 일렁이는 물결을 바라보며 대꾸했다. 고이랑은 김 대사의 명으로 철불가를 감시하고 있었다. 김 대사는 그 간악하고 교활한 생물에게서 한시도 눈을 떼지 말라고, 잠깐이라도 한 눈을 팔면 그 인간은 미꾸라지처럼 빠져나가 자신의 계획을 어그러트릴 것이라고 했다.

철불가는 한탄하는 어조로 말했다.

"신라에서 제일 나쁘고 저열한 놈들이 해적이라 믿었네. 그중에 내가 제일 사악한 해적이란 자부심 하나로 살았지."

철불가는 쓴웃음을 지으며 고개를 절레절레 흔들었다.

"한데, 김 대사가 하는 꼴을 보면 누가 해적인지 모르겠단 말이야. 해적들이 모조리 실직할 판이라고."

"어찌 감히 대사를 해적과 견주는 것이오?"

고이랑이 미간을 찌푸리며 차가운 목소리로 말했다. 자신의 주인을 그리 말하는 것이 못마땅했다. 철불가는 혀를 끌끌 찼다.

"에헤, 난 김 대사를 해적에 갖다 대는 게 아니야. 김 대사가 해적보다 더 못됐다는 말을 하는 거지. 만약 저 인간이 해적이었다면 온 바다가 핏빛으로 물들었을 거네."

"대사께서는 신라에 새로운 시대를 가져오실 거요."

고이랑이 답답한 소리를 했다. 철불가는 고이랑의 얼굴을 유심히 살폈다. 철불가가 보기에 김 대사는 거꾸로 봐도 달리면서 봐도 절대 믿을 만한 위인이 아니었다. 그런데 올곧은 고이랑이 어째서 김 대사를 이리 철석같이 믿는지 이해할 수 없었다.

"고이랑, 김 대사 말고 차라리 나를 따르는 게 어떤가. 저 인간보다 내가 인물도 잘났고 언변도 훌륭하지 않나."

고이랑은 대꾸할 가치도 없다는 얼굴로 철불가를 쳐다보았다. 고이랑은 손에 들고 있던 재갈을 철불가의 입에 물렸다.

"여보게! 농담일세, 농담! 읍! 읍!"

철불가는 몸을 비틀며 재갈을 풀어 달라 애원했다. 고이랑은 고개를 돌려 김 대사가 머무는 선실을 보았다. 누가 무어라 해도 김 대사는 고이랑에게 생명의 은인이요, 온몸을 바쳐 지켜야 할 은인이었다. 고이랑은 그 신념이 흔들려선 안 된다는 듯 칼집을 힘껏 쥐었다.

김 대사는 선실에 앉아 지난날을 떠올렸다. 이 순간을 위해 그토록 고생했던가. 이제 신라를 놓고 거대한 전쟁이 시작될 터였다. 주령구는 던져졌다. 김 대사가 던진 주령구는 모든 면이 승리로 가득했다. 김 대사는 전쟁이 끝나고 퍼트릴 승리의 노래를 떠올렸다.

도시마다 제일가는 노래꾼을 잡아들여 아름다운 시를 짓게 하리라. 가장 비싼 천을 거두어들여 금실과 은실로 호화스러운 옷을 지어야지.

김 대사의 가슴은 희망으로 부풀어 올랐다. 생각만으로 벌써 신라를 다 가진 것 같았다. 전쟁을 앞두고 있었음에도 전혀 떨리지 않았다. 오히려 신라의 왕좌는 처음부터 자신의 것인데 너무 늦게 결심한 것 같았다.

"그것을 가져와라."

김 대사가 병사에게 명했다.

병사의 손에 무관들이 입는 옷인 철릭이 들려 있었다. 부드러운 하얀색 가죽 재질에 오색찬란한 빛을 내는 비늘이 촘촘히 박혀 있었다. 백룡피였다.

김 대사는 며칠 전 실력이 좋은 무두장이*를 데려와(사실은 납치였다) 백룡피로 철릭을 만들게 하였다. 갑옷 밑에 백룡피로 만든 철릭을 입으면 어떤 공격을 당해도 상하지 않을 것 같았다.

김 대사는 치렁치렁한 비단옷을 벗고 백룡피 철릭을 걸쳤다.

보통의 짐승 가죽은 어깨가 늘어질 만큼 무거운데 백룡피는 실오라기 하나 걸치지 않은 듯이 가벼웠다.

"과연 보물은 보물이구나. 하긴 용이 날아다니려면 가죽이 가벼워야겠지. 하하하."

김 대사는 백룡피 철릭 위에 철갑을 둘러 입었다. 거기에 투구까지 걸치고 갑판으로 올라갔다.

김 대사가 탄 배를 중심으로, 앞과 양옆에서 전함 세 척이 항해하고 있었고, 그 뒤를 열네 명의 장인들이 따랐다.

장인 무리의 선두는 키가 오십 척이 넘는 우두머리 장인이었다. 맨 뒤에는 키가 스무 척에 다다른 아기 장인이 있었다. 장인들은 얼굴에 백토를 두껍게 발라 안 그래도 험악한 얼굴이 더욱 섬뜩하고 사납게 보였다. 우두머리 장인은 목에 새까만 구슬들을 목걸이처럼 주렁주렁 매달고 있어 기괴한 분위기를 더했다.

바다 건너 어느 섬에 사는 이들은 중요한 일을 앞두고 얼굴에 백토를 바른다고 철불가가 일러 준대로 김 대사가 준비한 것이었다. 병사들도 그릇에 담은 흙을 한 움큼 집어 얼굴에 발랐다.

김 대사도 자신의 얼굴을 치장하며 이미 신라가 제 손에 들어온 것처럼 고양되었다.

---

*무두장이: 짐승의 가죽을 부드럽게 만드는 일을 하는 이

김 대사는 앞에 서 있는 장수에게서 칼을 빼앗아
들었다.

"신라는 병들어 가고 있다. 이러한 일에 일등
공신이 누구냐! 대각간이다. 대각간은 임금을
농락하고 조정을 쥐락펴락하여 신라를
부패의 온상으로 만들고 있다.

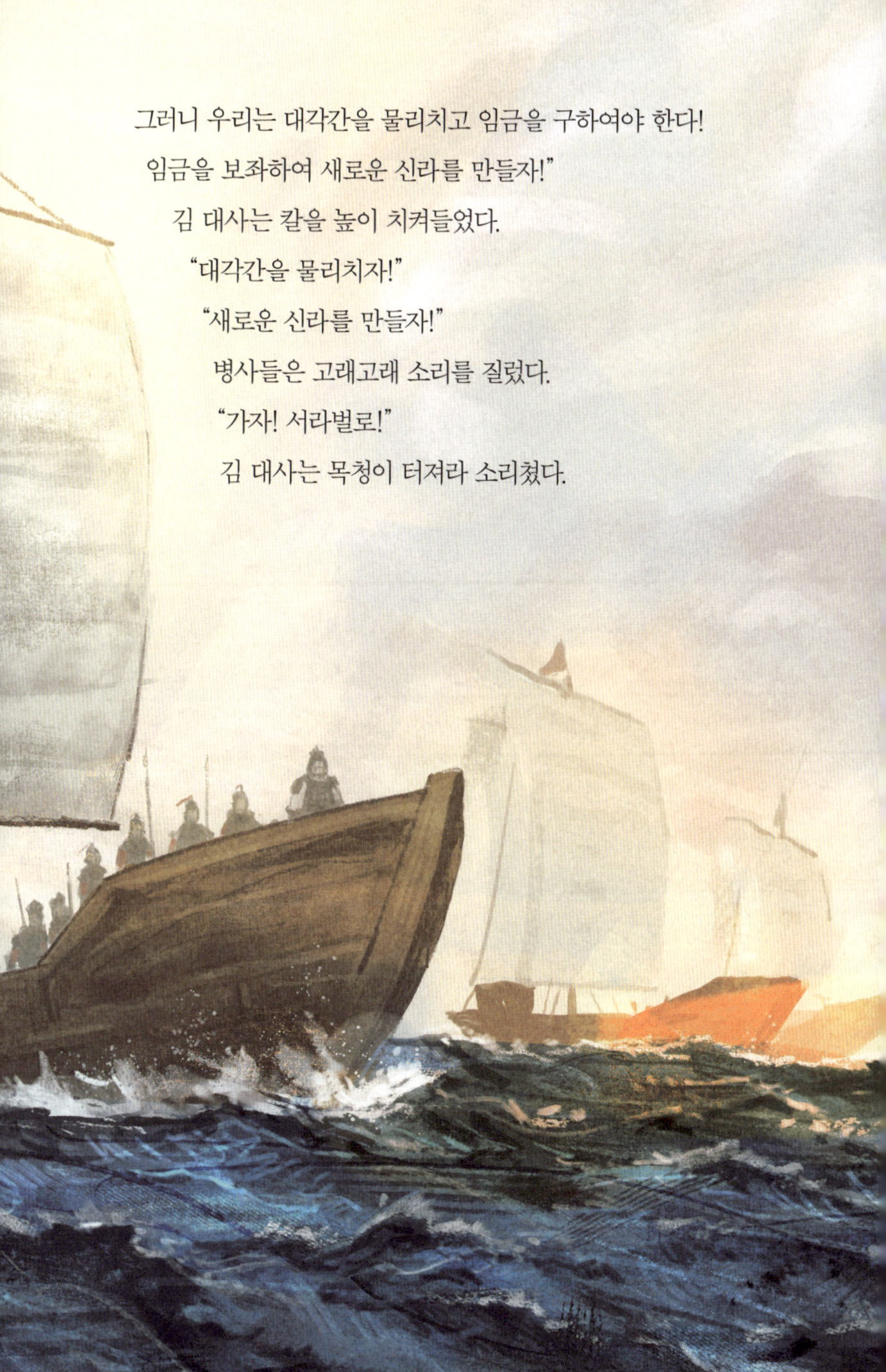

그러니 우리는 대각간을 물리치고 임금을 구하여야 한다!
임금을 보좌하여 새로운 신라를 만들자!"
김 대사는 칼을 높이 치켜들었다.
"대각간을 물리치자!"
"새로운 신라를 만들자!"
병사들은 고래고래 소리를 질렀다.
"가자! 서라벌로!"
김 대사는 목청이 터져라 소리쳤다.

대각간은 집사성 관리들을 소집했다. 집사성은 나라의 대소사를 긴밀히 논하는 신라 최고위 관청이었다. 대각간이 이들을 불러 모은 이유는 김 대사와 장인들 때문이었다.

시랑이 대각간에게 보고했다.

"김 대사의 군대가 동해를 건너고 있습니다. 전함 네 척에 잘 훈련된 병사가 오십 정도이고, 장인이 열넷입니다."

집사성 내부가 무겁게 술렁였다.

"장인? 사포를 초토화시켰던 그 장인이 열넷이나 온다고?"

"기절이라도 하고 싶군."

집사성 관리들은 대각간에게 들리지 않도록 속삭였다.

대각간이 턱을 쓰다듬으며 시랑에게 마저 말하라고 고갯짓을 했다.

"아직 거리가 멀어 확실치 않으나 가장 작은 장인의 키가 어림잡아 스무 척은 되어 보인다 합니다."

대각간의 미간에 주름이 깊이 파였다. 스무 척이나 되는 물체를 제 눈으로 본 자가 얼마나 될까. 범이 산다는 험한 산이 그 정도일까. 대각간이 물었다.

"그래, 포차진은 어찌되었느냐."

"포, 포차진이요?"

시랑이 처음 듣는다는 얼굴로 되물었다.

"서라벌 성벽과 요새에 포차진을 설치하라지 않았느냐. 정예 병력을 모아 가장 먼저 조치하라고 일렀거늘 어째서 금시초문이라는 얼굴인 게냐."

대각간이 엄한 목소리로 꾸짖었다.

"포차진이 무엇인지 알려 주시지 않아 하지 못했습니다."

시랑이 말간 얼굴로 답했다. 정말로 제가 뭘 잘못했는지 모르는 듯했다.

대각간은 뒷목을 잡고 싶었다. 지난 수십 년간 수많은 전쟁을 치르며 신라에 승리를 가져다준 대각간이었다. 반면 시랑은 전쟁과는 거리가 멀었다. 가문의 후광 덕에 운 좋게 시랑까지 올랐으나 책상을 벗어난 적이 없었다. 사실 시랑이라는 자리도 그가 가진 능력에 비해 한참 과한 관직이었다.

"내가 포차로 진을 치라고 하지 않았느냐. 설마 포차라는 말도 모르느냐? 석포를 얹은 수레를 포차라 한다. 대체 내가 어디까지 떠먹여 줘야 하겠느냐!"

대각간의 목소리가 노기를 띠었다. 시랑의 표정으로 보아 포차가 뭔지도 몰랐을 가능성이 높았다.

"소, 속히 시행하겠나이다."

시랑은 그제야 눈치를 챙기고 물러났다. 다른 관리들도 자기들에게 불똥이 튈까 서둘러 자리를 떴다.

대각간은 주먹을 움켜쥐었다. 지금도 장인이 한 발 한 발 가까워지고 있는데 천하태평인 자들을 보니 가슴이 턱 막혔다. 전부 조상

덕으로 쉽게 얻은 자리이니 누굴 탓하리오.

물론, 저놈들이 있어서 대각간은 임금을 허수아비로 만들고 조정을 제 것으로 만들 수 있었다. 하지만 전쟁이 코앞으로 다가온 순간에도 저 따위로 군다는 사실은 구황 작물을 연거푸 먹은 것처럼 가슴을 답답하게 만들었다.

'절대 져서는 안 되지만……. 질 수도 있다. 만에 하나 그런 불상사가 벌어진다면. 금을 챙겨 둔 사람이 승자다.'

신라가 망해도 금은 망하지 않는다. 패색이 짙어지면 전쟁을 치르는 사이 가족은 바다 건너로 피신시키면 된다. 노련하게 머리를 굴린 대각간은 전술을 짜러 간다며 집으로 향했다.

한편 박 한찬은 오늘도 자리에 누워 술을 홀짝였다. 그는 부하가 읽어 주는 교서를 듣고 있었다. 대각간이 각 도시로 내린 교서였다.

부하가 읽기를 마치자 박 한찬이 코웃음을 쳤다.

"장인을 모두 물리치라고? 어찌 그것들을 막는단 말이냐?"

"일단 최대한 병력을 모아야 합니다."

부하가 말했다.

박 한찬은 그럴 생각이 눈곱만큼도 없었다. 괴물 수집에 재미를 붙였던 그였기에 장인의 위험성을 누구보다 잘 알았다. 무슨 수를 써도 장인의 습격은 막을 수 없을 터. 이에 그는 며칠 전 가족을 서라벌로 피신시켰다. 물론 그 준비도 박 한찬이 하지 않고 부하를 시켰지만.

다음 날 박 한찬은 누워서 타는 가마에 몸을 실었다. 그는 잠자리에 든 것처럼 편안하게 등을 대고 누웠다.

가마는 자신의 사병 중 제일가는 장수들이 호위하게 하였다.

"나는 사포를 떠날 터이니 자네가 뒷일을 맡아 주게."

부하가 놀라서 물었다.

"떠나신다니요? 언제 돌아오시는 것입니까?"

"영영 오지 않을 걸세. 장인한테 짓밟혀 모래사장이 될 곳에 왜 오겠는가."

"이곳은 누가 지킨단 말입니까?"

부하는 죽을 각오로 박 한찬을 만류했다.

"어차피 내가 있든 없든 일은 네가 다 하지 않았느냐. 새삼스레 왜 그러느냐."

박 한찬은 피식거리다 서늘한 얼굴로 으름장을 놓았다.

"다만, 내가 없는 걸 대각간께서 아시면 아니 되니 너는 나를 대신해 자리를 지켜라. 네놈도 달아났다는 소식이 내 귀에 들리면, 네놈의 자식들을 장인 밥으로 던져 줄 것이다."

박 한찬은 엄포를 놓고는 관청을 떠났다.

부하는 멀어지는 가마를 망연자실 지켜보았다. 사포에 있는 아내와 아들딸의 얼굴이 떠올랐다. 이대로 포기할 수 없었다.

"넋 놓고 있다가는 정말로 끝장이다. 내가 정신을 차려야 나도 살고, 내 식구들도 산다."

　박 한찬의 부하는 두 뺨을 손으로 철썩철썩 때렸다. 부하는 신라의 땅덩이가 그려진 두루마리 지도를 책상에 펼쳤다. 한참 지도를 살핀 후에야 사포의 산성을 지키는 수문장을 불러들였다.

　수문장은 스무 살 정도로 보이는 여인이었다. 이름은 진설이라 했다. 턱끝에 닿을 듯 짧은 머리는 한 올의 흐트러짐 없이 반듯하게 귀 뒤로 넘겨져 있었고, 머릿기름을 바른 것처럼 윤기가 흘렀다. 귀족 여인들이 가체를 얹고 머리를 길게 늘어뜨려 치장하는 모습과는 확연히 달랐다.

　"부르셨습니까."

　"대각간께서 각 성벽과 요새에 포차진을 설치하라 일렀네. 장인이 사포를 넘지 못하게 하라 명하셨으니 우리의 임무가 막중하지. 게다가 한찬께서는 서라벌에 중한 임무가 있어 떠나셨네."

　"도망쳤군요."

　진설은 아무렇지 않게 말했다.

　"어찌 그런 불경한 말을!"

　박 한찬의 부하가 엄하게 꾸짖었다.

　"사실이지 않습니까."

　진설이 꾸밈없이 내뱉는 말은 때로는 당황스러울 만큼 직설적이었지만 한편으론 믿음을 주었다.

　"하. 그래, 사실이네. 하지만 한찬께서 부재하신 것을 밖에 알리면 안 되네. 알겠나?"

　진설은 고개를 끄덕였다.

"예. 그래서 저는 무얼 하면 됩니까."

"무슨 수를 써서라도 산성을 사수하게. 그곳을 지키지 못하면 장인이 눈 깜짝할 사이 서라벌에 도착할 걸세."

진설은 잠시 생각하더니 입을 열었다.

"사포와 산성 사이에 철문을 지을 병력을 주십시오."

"철문?"

"산성 앞에 철문을 만들고 철문 위에서 쇠뇌를 쏘겠습니다. 장인이 철문을 무너트릴 때를 대비해 철문과 산성 사이에 포차진을 두는 겁니다. 최악의 상황이 돼도 서라벌에 계신 임금과 백성들이 달아날 시간은 벌 수 있을 겁니다."

박 한찬의 부하는 진설의 말에 고개를 끄덕였다. 더 나은 계책이 떠오르지 않는 데다가 자신들에게는 시간이 없었다.

"좋네. 지원 병력을 주지. 하고 싶은 대로 하게."

그리하여 철문을 세우기 위해 사포에서 징집된 신참 병사들이 사포와 산성 사이에 있는 산골로 보내졌다. 그들 사이에 소소생이 걷고 있었다.

2

"배가 뜨지 않았다고?"

고래눈이 범이에게 물었다. 같은 질문만 세 번째였다.

범이가 조심스레 입을 열었다.

"네. 하필 출항하는 날에 배에 타려던 자들을 병사들이 징집해 갔다고 합니다. 거기에 소소생도 있었던 듯합니다. 백방으로 수소문하고 있지만 소소생이 어디로 끌려갔는지 알 수가 없습니다."

"그렇다면 전쟁터로 갔단 말이냐."

고래눈은 품에서 삼면총해적주 지휘봉을 꺼냈다. 길게 난 흠을 고쳐 준다고 받아 온 것이었다. 솜씨 좋은 자를 찾아가 매끈하게 고쳐 왔는데 정작 소소생에게 돌려줄 수 없을지도 모른다니. 고래눈은 지휘봉을 한 손으로 꼭 쥐었다. 침착한 표정을 지으려 했으나 눈동자가 흔들리는 것은 숨길 수 없었다.

범이가 말을 이었다.

"다시 한 번 서둘러 알아보겠습니다."

"그럴 필요 없다. 김 대사와의 전쟁은 피할 수 없어. 나라에선 젖먹이도 병사로 끌고 가려 하니 소소생이 어디에 있든 전쟁터로 내몰릴 것이다. 소소생을 찾을 시간에 김 대사를 막을 방도를 찾는 게 낫다."

고래눈은 소소생이 걱정되어 사고가 정지되는 듯했지만 금세 정신을 차렸다. 걱정은 바다에 맡기고 당장 할 수 있는 일을 해야 했다.

범이는 고래눈의 이러한 면모가 존경스러웠다. 범이조차 소소생이 걱정되었는데 고래눈은 오죽 애가 탈까.

"좋은 소식도 있습니다. 정말로 장 낭자가 백성을 돕는 것인지 회오리바람 덕에 김 대사와 장인들이 사포로 오는 것이 며칠 더 걸릴 듯합니다. 회오리바람이 장인과의 전쟁 준비 시간을 벌어 준 셈이지요."

"장 낭자가 벌어 준 시간에 우리도 부지런히 움직여야 한다. 범이 너는 사람 한 명을 찾아 오거라. 나는 사포로 가서 김 대사를 막아 보겠다. 다른 형제들은 우리 배를 타고 다니며 항구마다 전쟁 준비로 굶주린 백성이 있는지 살피고, 재물을 나누어 주라고 전해라."

"알겠습니다. 그런데 제가 찾아야 할 자가 누구입니까?"

범이가 묻자 고래눈의 눈이 반짝 빛났다.

"모든 일의 열쇠를 쥐고 있는 사람."

진설은 철문을 만들기 위해 옛 백제와 신라에서 내로라하는 기술자들을 불러 모았다. 그들은 장인의 공격을 막기 위해 철문의 높이를 삼십 척으로 설계했다. 일반적인 높이의 철문이라면, 장인에게 길가의 돌부리 하나에 불과할 터였다. 현재 확보할 수 있는 자원으로 가능한 최대 높이가 삼십 척이었다.

철문은 사포 뒤편의 산지를 최대한 활용해 주변 산세와 연결해 짓기로 했다. 문짝은 두꺼운 쇠기둥을 격자 형태로 이어 붙여 만들 계획이었는데 그 쇠기둥 하나하나의 두께가 장정이 양팔을 벌려 안을 정도였다. 양쪽 가장자리 기둥에는 튼튼한 밧줄을 매고 도르래에 연결해 열댓 명의 장정이 동시에 잡아당기면 철문이 천천히 위로 들려 올라가도록 설계했다.

이만한 철문을 제작하려니 상상도 못 할 만큼 방대한 양의 쇠가 필요했다. 조정에서는 철문을 만든다는 보고에 전국 각지의 솥과 수저, 밥그릇까지 거둬들였고 병사들에게 창과 방패까지 내놓으라 했다. 진설은 병사들의 무기를 빼앗는 건 말이 안 된다고 강하게 반발했다. 그러나 대각간을 비롯한 중앙의 관리들에게 이름도 모르는 수문장인 진설의 의견은 중요한 게 아니었다.

그렇게 사방에서 끌어모은 쇠붙이를 철문이 설치될 산골짜기로 옮기는 일이 소소생과 징집된 병졸들의 몫이었다.

소소생은 쇠붙이로 가득 찬 수레를 밀며 가파른 산길을 올랐다. 그 옆에서 장수가 고함을 질렀다.

"빨리빨리 올라가! 이 굼뜬 것들아!"

소소생은 수레를 밀며 생각에 잠겼다.

'장인들은 원래 유순해서 먼저 공격하지 않으면 사람을 해치지 않는다. 그런데 김 대사가 대체 무슨 요술을 부렸기에 신라로 쳐들어오는 걸까? 아무래도 철불가가 중간에서 이상한 말을 한 게 분명해. 그 인간은 어딜 가든 사고만 치니까.'

소소생이 움직일 때마다 입고 있는 갑옷에서 절그럭거리는 소리가 요란하게 났다. 갑옷에 달린 나뭇조각이 서로 부딪히며 내는 소리였다.

그때 소소생 옆에서 수레를 밀던 병졸 하나가 비틀거리다가 뒤로 나동그라졌다. 소소생이 달려가 보니 병졸의 몸이 사시나무처럼 떨리고 있었다. 얼굴을 보니 오륙십은 되어 보이는 노인이었다. 전쟁터에 몰릴 나이는 한참 지난 듯했다.

"괜찮으세요?"

"너무 춥소……."

노인이 받은 옷은 이미 누더기였다. 소소생은 잠시 망설였으나 자신의 갑옷을 벗어서 노병에게 주었다.

"이걸 입으세요. 지금 걸치신 것보다는 나을 겁니다."

"염치없네만…… 고맙소."

소소생은 노병이 갑옷을 바꿔 입는 것을 도왔다.

"거기, 뭐 하고 있어?"

그러고 있자니 장수가 두 사람을 보고 고함을 질렀다.

"아주 태평성대구나. 빨리빨리 움직여!"

소소생은 노병을 부축해 다시 대열로 가 수레를 밀었다. 며칠째 쉬지도 못하고 중노동을 하니 온몸이 욱신거리고 삭신이 쑤셨다. 전쟁이란 말이 살갗에 새겨지는 듯 생생하게 느껴졌다.

'전쟁통에 내가 살아남아 고래눈을 다시 만날 수 있을까.'

그동안 죽음의 순간을 몇 번이고 겪었지만 매번 철불가가 옆에 있어서인지 그리 실감 나지는 않았다. 하지만 홀로 전쟁터에서 죽음을 생각하게 되자 자꾸만 고래눈이 생각났다.

바람에 날리는 고래수염 같은 흰 머리카락. 날카롭고 커다란 눈과 보석처럼 반짝이는 눈동자. 오합도를 날리는 날렵한 손가락.

고래눈을 생각하면 자연스레 청아한 고래 풍탁 소리가 들리는 듯했다. 삼면총해적주 지휘봉에 달린 그 풍탁 소리를 듣고 싶었다. 그걸 들으면 위안이 될 것 같았다.

"이럴 줄 알았으면 고래눈에게 주지 말걸. 고작 실금이었는데 고쳐 준다는 소리에 홀랑 맡겨 버렸어. 아쉽구나. 아니 그런데 잠깐만 혹시 그거 고래눈이 날 기억하려고 증표로 가져간 거였나?"

어째서 생각이 그렇게 나아가는 것인지. 소소생의 생각은 '역시 고래눈이 나를 좋아하는 것 같다'까지 질주했다.

그리 생각하니 이 고생도 참을 만했다. 소소생은 수레를 힘차게 밀며 산길을 올랐다.

한참을 가고 나서야 목적지에 다다랐다. 거기서 수문장 진설이 병사들을 모아 놓고 연설하고 있었다. 소소생도 병사들 뒤에 줄을 섰다.

"긴말 않겠다. 그럴 시간도 없으니. 이제부터 너희는 이름도 가족도 잊는다. 기억해야 할 것은 단 하나. 살아남아야 집으로 돌아간다는 것이다. 그러니 죽을 각오로 훈련해 살아남도록. 이상."

그날부터 소소생과 병졸들은 철문을 짓고, 나무를 잘라 와 목책을 치고. 전술 훈련을 받았다. 밥 먹을 시간도 잠잘 시간도 턱없이 부족했다. 여기에 더해 포차에 쓸 커다란 돌을 구해 오고 포차 사용법까지 익혀야 했다.

포차진에 투입될 부대와 보병 부대, 철문 짓는 부대가 따로 있어야 할진대 장수들은 대중없이 작업과 훈련을 시켰다. 이유는 역시나 인력 부족이었다. 배고픈 백성들은 하나둘 해적으로 돌아섰고, 병사들 중에서도 '높으신 분'의 자제들은 전쟁 소식이 퍼지자 자취를 감췄다. 전쟁에 동원된 것은 난민으로 떠돌다 붙잡힌 이들이나 소소생처럼 멋모르고 징집된 풋내기들이었다.

이런 판국에 고된 훈련과 중노동이 더해지니, 골병드는 이들이 줄을 이었다. 장인이 쳐들어오기 전에 남아나는 병사가 없을 거라는 우스갯소리가 점차 진담처럼 느껴졌다.

소소생은 진설에게 조심스레 물었다.

"장인과 싸워야 하는 군사는 저희가 전부입니까?"

"오늘 새로운 동료가 온다고 들었다. 산전수전에 해전까지 겪었다 하더군. 그러니 걱정할 시간에 훈련이나 더 하거라.”

진설의 말에 소소생은 가슴을 쓸어내렸다. 전쟁에 능한 병사들이 온다면 장인 한둘 정도는 막아 낼 수 있을 것 같았다.

하지만 도착한 병사들은 소소생의 예상을 한참 뛰어넘는 수준이었다.

“네놈들의 새 동료다.”

진설이 동료라고 소개한 새 병사들은 사람이 아니라 정말 ‘새’ 병사였다. 진설은 새 스무 마리를 데리고 병사들 앞에 섰다. 새 병사들을 소개하는 진설의 딱딱한 얼굴에도 당황스러움이 적잖이 묻어났다. 생김새는 뻐꾸기와 비슷했고, 머리가 소소생의 무릎까지 올 만큼 컸다. 머리 깃이 투구처럼 솟아 있었고 검은 부리는 창처럼 길어 일반적인 새 같지는 않았다.

“이 녀석들은 병조다.”

병조兵鳥라고 하여 병졸처럼 무리 지어 싸우고, 울음소리가 특이하다는 둥 진설의 설명이 이어졌다.

“이건, 진짜 새잖습니까? 새! 사람 병사는 없습니까?”

병졸 하나가 손을 들고 물었다. 이곳에 막 도착했을 때는 꽤 살집이 있었는데 그동안 고생이 심했는지 볼이 홀쭉했다. 소소생을 비롯한 병졸들은 깊은 한숨을 내쉬었다.

“더 데려올 사람이 없다는군.”

진설은 솔직하게 답했다.

“병조와 말이 통하긴 하는 겁니까?”

병졸이 다시 물었다. 그러자 마치 대답처럼 병조들이 머리 깃을 부풀리고 괴상한 울음소리를 냈다. 울음소리가 어찌나 큰지 귀청이 찢어질 것 같았다.

"엽인족항. 엽인족항."

진설이 손가락으로 귓구멍을 막고 말했다.

"병조가 뭐라고 하는 게냐? 엽…… 엽인족항?"

덕담꾼 기질이 발동한 소소생이 답했다.

"여긴 족하오! 저긴 부족하오! 이런 말이 아닐까요? 하하핫."

안 그래도 병조 때문에 심기가 불편했던 병사들이 소소생을 노려보았다. 소소생의 덕담을 들으니 안 그래도 없던 사기가 바닥을 뚫고 떨어지는 듯했다. 소소생은 머쓱해서 뒤통수를 긁적였다.

병조들은 병사들 마음도 모르고 계속 시끄럽게 울어 댔다.

"저놈들을 조용히 시켜라."

하지만 병사들도 병조를 어찌 다뤄야 할지 모르긴 마찬가지였다. 발로 땅을 구르며 겁을 주면 더 크게 울었고, 부리를 손으로 붙잡으려 하면 콕콕 찔러 대니 어쩔 방도가 없었다.

소소생은 고개를 갸웃하며 중얼거렸다.

"배고픈가?"

그 말에 병조들이 일순간 조용해졌다. 소소생은 어쩌다 보니(대부분은 철불가 때문이었지만) 괴물을 여럿 보아 왔던 터라 자신도 모르는 새에 괴물 내공이 쌓였다. 소소생의 말이 맞았는지 병조들이 소소생을 둘러서서 고개를 끄덕였다.

진설은 소소생을 손가락으로 콕 집어서 가리켰다.

"거기 너. 병조들이 널 간택한 모양이군. 이제 네가 병조 담당이다. 매일 싱싱한 지렁이와 물고기를 잡아 와 병조에게 먹이고 놈들이 울면 뭐라고 하는지 알아내서 보고하도록."

진설은 소소생이 대꾸하기도 전에 등을 돌리고 가 버렸다.

"훈련하고 철문 짓는 것도 힘든데 이젠 새들 지렁이 밥까지 챙기라고? 현실이 이리 지독하니 내 덕담이 안 웃기는 거라고."

소소생은 제 덕담이 재미없다는 건 절대 인정하지 않았다. 병조들이 다시 시끄럽게 울면서 소소생의 다리를 쪼아 댔다.

"아, 알았어. 밥 줄게. 주면 되잖아. 아프니까 그만 좀 쪼아!"

소소생은 병조들에게 쫓겨 허둥지둥 산으로 달려갔다. 뒤에서 병조들이 "엽인족항! 엽인족항!" 쫓아오는 소리가 들렸다.

3

사포는 피난 행렬로 가득했다. 장인이 쳐들어온다는 소문에 백성들은 짐을 머리에 이고 등에 지고 몰려나왔다. 이미 한 차례 장인에게 짓밟혔던 적이 있어서인지 행동이 빨랐다. 최대한 가볍고 반드시 챙겨야 할 짐만 들고 나왔다. 줄을 지어 피난하는 행렬은 끝도 없이 길었다. 유난히 날이 흐려 금방이라도 폭우가 쏟아질 것 같았다. 무거운 구름이 땅을 짓눌러서인지 다들 어깨가 축 처져 있었다. 피난을 가는 백성들의 마음처럼 바다는 희뿌연 안개에 잠겨 한 치 앞도 보이지 않았다.

"비켜라!"

피난 행렬 뒤에서 누군가 크게 외쳤다. 휘황찬란한 마차의 앞자리에 탄 마부였다. 마차에는 부자로 유명한 노부인이 타고 있었다. 일흔이 넘은 나이에도 왕성하게 활동하는 노예상이었다.

마부가 채찍을 휘둘렀다. 말이 거친 소리를 내며 앞발을 들어 올리자 그 바람에 앞서가던 여자아이가 놀라 넘어졌다. 아이는 예닐곱 살 정도로 보였다.

"으앙!"

아이가 울음을 터뜨리자 노부인이 고개를 내밀고 역정을 냈다.

"밟혀 죽기 싫으면 당장 꺼져!"

노부인이 새파랗게 화장한 눈매를 치켜뜨며 서슬 퍼렇게 말하자 넘어진 아이의 오라비가 달려왔다. 오라비도 이제 열 살이나 됐을까 싶게 어려보였다. 오라비가 넘어진 동생을 서둘러 일으키자 마차가 오누이를 지나쳤다.

노부인은 오누이를 향해 침을 퉤 뱉었다. 노부인의 마차는 사람들을 위협하듯 난폭하게 달렸다. 사람들은 할 수 없이 마차를 피해 좌우로 물러나 길을 터줬다.

오누이는 멀어지는 마차를 지켜보다가 다시 발을 놀렸다. 누이가 물었다.

"우리 어디로 가는 거야?"

"사람들 가는 곳으로 따라가야지."

"거기도 장인이 오면 어떡해?"

"괜찮아. 내가 지켜 줄게."

의연하게 말했으나 오라비의 아랫입술이 파르르 떨렸다.

"전에 만난 덕담꾼 오라버니는 잘 지낼까? 그 오라버니랑 장인이 공연도 했잖아. 우리한테 시루떡도 주고. 그 장인은 무서워 보이지 않았는데……."

"잘 지낼 거야."

"또 나타나서 장인을 집으로 보내주면 좋겠다."

누이가 해맑게 웃으며 말했다.

그때 삿갓을 쓴 남자가 누이의 어깨를 두드렸다.

"얘야, 이거 먹을래?"

남자는 주머니 하나를 내밀었다.

"우아, 감사합니다!"

누이는 반짝이는 눈으로 주머니를 받았다. 새벽부터 종일 먹지도 못하고 걷기만 해 배가 고프던 참이었다.

"그리고 이 안에 있는 건 아무한테나 주지 말고 꼭 필요할 때만 쓰거라."

남자는 누이의 머리를 쓰다듬었다. 삿갓 아래로 바람에 휘날리는 하얀색 앞머리가 보였다. 누이는 꼭 그 앞머리가 고래수염 같다고 생각했다.

오누이는 남자가 준 주머니를 열어 보았다. 안에는 주먹밥 다섯 개와 금붙이 하나가 들어 있었다.

"어? 이건……!"

오라비가 놀라서 고개를 들었을 때 남자는 어느새 사라지고 없었다.

사포항은 도시를 빠져나가려는 배들로 북적였다. 대낮인데도 바다에서 밀려온 안개가 짙게 깔려 사위가 어두컴컴했다. 안 그래도 스산한 풍경에 사람들의 고함이 뒤엉켰다.

"빨리 좀 갑시다!"

"우리 배가 먼저라고!"

뒤섞인 사람들을 제치고 흙먼지를 일으키며 마차 한 대가 들어섰다. 마차에서 내린 것은 눈매를 새파랗게 칠한 노부인이었다.

마부는 노부인을 모시고 줄지어 선 사람들 사이를 막무가내로 비집고 들어갔다. 두 사람이 줄에 끼어들자 뒤에 서 있던 남자가 소리쳤다.

"이보시오, 순서를 지키시오! 뒤에 줄이 안 보이시오? 여기 사람들 죄다 새벽같이 일어나 바닷바람 맞아 가며 줄을 섰소. 늦게 왔으면 얌전히 맨 뒤로 가시오."

"이놈이!"

마부가 다짜고짜 남자에게 채찍을 휘둘렀다. 남자는 외마디 비명을 지르며 쓰러졌다.

"사람 목숨이 똑같은 줄 아느냐? 너야말로 줄의 맨 뒤로 가서 서거라!"

줄을 섰던 사람들은 마부의 갑작스런 채찍질에 놀라 뒤로 물러섰다. 노부인은 바닥을 뒹구는 남자를 걷어차고는 줄의 맨 앞으로 갔다. 마부도 냉큼 노부인의 뒤를 따랐다. 두 사람은 출항 준비를 마친 배에 가장 먼저 올라탔다. 마부에게 채찍을 맞은 사내는 줄 뒤편에서 부루퉁하게 그 광경을 지켜볼 수밖에 없었다.

잠시 후 노부인이 탄 배가 엉켜 있던 배들 사이를 조심스레 빠져나갔다. 그런데 배가 지나가는 사이로 바다에 무언가 둥둥 떠오르기 시작했다.

짙은 안개 때문에 흐릿했으나 이내 그 형체를 알아볼 수 있었다. 처음에는 산갈치가, 뒤이어 해룡으로 불리는 바다거북과 고래, 상어의 몸뚱이가 조각조각 떠올랐다. 형체가 온전한 것은 하나도 없었다. 바다거북은 두꺼운 등딱지가 깨져 나갔고, 상어는 지느러미가 종이처럼 너덜거렸다. 고래의 커다란 눈알은 텅 비어 있었고 턱은 뼈가 드러난 채였다.

배에서 이를 내려다본 이들은 숨을 죽였다. 비명도 나오지 않았다. 어떤 이는 구역질이 올라와 입을 틀어막았고 어떤 이는 하얗게 질린 아이의 두 눈을 소매로 가려 주었다.

넋이 빠진 마부가 중얼거렸다.

"해룡과 심해어가 어떻게 여기까지 올라왔지?"

"그게 뭐가 이상하다는 게냐?"

노부인이 물었다.

마부는 침을 꼴깍 삼키고 떨리는 목소리로 말했다.

"저놈들은 바다 깊숙한 곳에 살아 웬만한 뱃사람은 마주치기도 힘든 놈들입니다. 저것들이 사람 사는 곳에서 발견될 때는 오직····· 재난이 닥칠 때뿐입니다."

　망루에서는 수군 병사들이 바다를 주시하고 있었다. 안개 낀 바다에는 아무것도 보이지 않았다. 병사들은 오늘 점심은 뭘 먹어야 할까, 먹을 수는 있을까 같은 소리나 하고 있었다.

　그것을 처음 알아차린 건 대화에 끼지 않고 멍하니 있던 새내기 병사였다.

　"지금····· 뭔가 울리지 말입니다?"

　"무슨 소리야?"

　쿵 쿵 다시 한 번 지면에 떨림이 전해졌다. 다른 병사들이 제대로 눈치채기도 전에 지면의 흔들림은 점점 강해졌다. 이윽고 발밑에서 전해지는 진동에 뱃속이 울리고 머리까지 어지러웠다.

　"설마 장인?"

　"어, 어디에서 오는 거야?"

　병사들은 우왕좌왕하며 사방을 살폈다.

　쿵. 쿵. 쿵. 쿵. 쿵.

　진동은 더욱 세지고 간격은 점점 짧아졌다.

　쿵. 쿵. 쿵. 쿵. 쿵. 쿵. 쿵. 쿵. 쿵. 쿵.

　사포항 전역이 흔들렸다. 물살이 크게 요동치고 배가 오르락내리락했다. 병사들의 얼굴이 점점 새파랗게 질려 가고 있었다.

배에 탄 사람들은 얼어붙은 얼굴로 안개에 가려진 바다를 바라보았다.

"비켜! 비키라고!"

노부인은 사람들을 거칠게 밀치며 배 후미로 달려갔다. 마침내 끝에 다다른 노부인의 앞을 무언가가 막아섰다. 핏발 선 눈알이었다. 노부인의 얼굴만 한 눈동자가 노부인을 응시하고 있었다. 상황을 파악하는 듯 이리저리 움직이는 눈동자에 겁에 질린 노부인의 얼굴이 비쳤다. 놈의 흰자에는 콩알 같은 흑갑신병이 들러붙어 기어다니고 있었다.

노부인은 온몸의 털이 쭈뼛 서는 것 같았다.

"아아아아……!"

노부인이 비명을 다 지르기도 전에, 장인의 손이 그녀를 낚아채 들어올렸다. 손아귀에서 벗어나려 발버둥쳤지만 소용없었다. 노부인은 더 이상 보이지 않았다.

짙은 안개 사이로 하나둘 거대한 그림자가 드리웠다. 그림자가 일렁일 때마다 파도가 부서지는 듯한 기이한 소리가 반복해서 들려왔다.

잠시 후, 안개 너머에서 날아온 무언가가 갑판 위에 떨어지며 둔탁한 소리를 냈다.

신호가 된 듯 사람들이 비명을 지르며 도망치기 시작했다.

"으아아악! 비켜!"

사람들이 갑판에서 도망치다 못해 바다로 뛰어들기 시작했다.

안개 속에서 들리는 수많은 비명에 사포항에 남아 있던 이들도 등줄기가 서늘해졌다. 어느 순간 비명이 모두 그치고, 누군가 침을 꿀꺽 삼킬 때쯤 안개가 걷히기 시작했다.

아니, 안개가 걷히는 게 아니라 안개를 뚫고 무언가가 다가오고 있었다. 거대한 물체가 서서히 사포항으로 가까워졌다.

"저, 저게……."

"도망쳐!"

눈치 빠른 이들은 어느새 줄을 벗어나 뒤로 달리고 있었다. 그에 따라 한발 늦은 사람들도 달리기 시작했다.

크아아아아!

어느새 사포항에 다다른 장인이 포효를 내질렀다. 망루에 선 병사들도 맞서 소리쳤다.

"장인이다! 공격하라!"

병사들이 일사불란하게 활시위를 당겼다. 그러나 그 화살을 미처 쏘기도 전에 장인의 손바닥이 그들의 시야를 덮어 버렸다. 그 아래의 병사들은 곤죽이 되어 형체를 알아볼 수조차 없었다.

도망치는 사람들 틈으로 고래눈에게 주먹밥을 받은 남매의 누이동생이 넘어졌다. 사람들은 남매를 치고, 밟으며 지나갔으나 움직임이 느려지는 건 어쩔 수 없었다. 장인 하나가 그것을 놓치지 않고 남매를 향해 손톱을 내리꽂았다.

남매가 눈을 감은 순간 삿갓을 쓴 남자가 달려와 남매를 양손에 들쳐 업고 내달렸다. 장인의 손톱이 아슬아슬하게 남자의 삿갓을 스쳤다. 삿갓이 찢어지며 감춰져 있던 얼굴이 드러났다.

하얀 고래수염 같은 앞머리와 긴 머리가 휘날리며, 오뚝한 콧날과 맑은 눈매가 드러났다. 고래눈이었다.

고래눈은 아랑곳 않고 남매를 항구에서 멀리 데려다 놓았다.

"괜찮니?"

고래눈이 안심시키는 미소를 띠며 물었다.

"네. 고맙습니다."

오라비가 겁에 질린 표정으로 가까스로 대답했다. 누이동생 쪽은 두려움에 눈물을 흘리며 고개를 끄덕일 뿐이었다.

고래눈은 그거면 충분하다는 듯 아이들의 머리를 쓰다듬어 주고 다시 장인들이 날뛰는 사포항으로 달려갔다.

고래눈은 사포에 쳐들어온 장인 부대를 쳐다보았다. 장인 부대는 고삐 풀린 망아지처럼 날뛰었다. 지난번 장인이 사포를 공격했던 때와 무언가 달라 보였다. 몸부림치는 것 같았다.

"괴로워하는 것인가……?"

고래눈은 김 대사가 무슨 수를 써서 장인을 부리고 있을 것이라는 데 생각이 미쳤다. 하지만 지금은 백성을 구하는 것이 우선이었다. 고래눈은 오합도를 손에 쥐고 시장으로 달려갔다.

장인 부대는 순식간에 사포항을 초토화시켰다. 장인의 몇 걸음만에 관청은 가루가 되었다. 장수 하나가 김 대사에게 다가왔다. 그와 함께 박 한찬이 꽁꽁 묶인 채 끌려 들어왔다.

"대사! 역적이 사포를 벗어나려고 해 잡아 왔습니다!"

박 한찬은 며칠 전에 사포를 버리고 도망쳤으나 게으른 천성을 버리지 못해 달아나는 속도마저 느렸다. 병사들이 가마를 옮기는 동안 본인은 누워 있기만 해도 되는 것을 '멀미가 난다. 쉬어야겠다.' 쉴 새 없이 투덜거려 이동을 더디게 했다. 그러다 사포도 벗어나지 못하고 김 대사에게 잡히고 만 것이다.

"박 한찬. 드디어 네놈에게 복수할 순간이 왔구나."

김 대사가 광기 어린 눈으로 박 한찬을 보며 웃었다.

"나보다 한참 밑에 있던 놈이 나에게 대거리를 해?"

박 한찬은 자신의 처지도 모르는지 괜한 객기를 부렸다.

"그렇지. 그렇게 나와야 나도 보람이 있지."

김 대사는 박 한찬을 장인에게 던져주었다. 김 대사의 손짓 한 번에 박 한찬의 몸은 장인들의 손에 갈기갈기 뜯겨졌다.

복수가 끝나자 김 대사는 장인 부대를 앞세워 서라벌을 향해 진격했다.

병사들은 혼비백산해 도망치면서도 진설의 명령에 따라 장인 부대를 철문으로 유인했다.

4

김 대사는 호위 병사들과 함께 사포항이 내려다보이는 산 정상에 있었다. 가마 안에 느긋하게 앉아 장인들이 날뛰는 모습을 구경거리처럼 지켜보며 때때로 박장대소를 하기도 했다.

김 대사와 얼마 떨어진 곳에는 고이랑과 철불가가 있었다. 김 대사는 고이랑이 무고한 백성들이 죽어 나가는 전쟁을 겪으며 자신을 거스르고 백성들의 편에 설까 두려웠다. 김 대사 군에서 최고 전력인 고이랑에게 외따로 떨어진 곳에서 철불가를 감시하는 역할만 맡겨지는 이유였다.

김 대사는 이렇게 말하는 것도 잊지 않았다.

"내가 벌하는 것은 백성이 아니다. 백성들은 안전하게 지키고 대각간을 따르는 간악한 무리만을 토벌할 것이니 걱정 말거라. 우리의 목적은 공명정대한 신라를 세우는 것이다."

고이랑은 김 대사의 말을 철석같이 믿었다. 그는 전쟁이 어찌 돌아가는지도 보지 못한 채 철불가를 가둔 이동식 감옥을 지켰다. 이동식 감옥은 두꺼운 철로 만든 우리를 마차에 실은 형태였는데, 그 안에는 철불가가 심드렁한 얼굴로 앉아 있었다.

고이랑은 철불가의 사지를 쇠사슬로 단단히 묶어 놓은 것도 모자라 감옥 문에도 자물쇠를 채웠다. 그동안 철불가가 몇 번이나 탈출을 시도한 전력이 있어서였다.

"도망은 포기하시오."

고이랑은 자물쇠 열쇠를 아예 바다에 던져 버렸다. 철불가는 체념한 듯 철제 우리에 머리를 기댔다.

"고이랑, 자네는 이 전쟁이 옳다고 생각하나?"

"구주제일마귀 철불가가 할 말은 아닐 듯하오."

"그래서 내가 매력 있지. 늘 기대를 깨니까."

"기대를 저버린다는 말이 맞지 않을까 싶소."

"자네는 신라의 자랑, 화랑 아닌가. 그것도 난승검법을 익힌 화랑 중의 화랑이라고. 그런데 자네는 김 대사가 백성의 터전을 짓밟는 게 아무렇지 않나? 장인의 인권은 생각하지도 않고 말이야, 아무리 괴물이라도 저리 괴롭혀 전쟁 무기로 삼는데 어째서 방관하느냔 말일세."

"장인에게 무슨 인권이 있소? 그리고 대사께서는 백성을 해치지 않는다 약속하셨소."

"허, 참. 자네 설마 그 말을 믿는가? 진심으로?"

"당연하지 않소? 대사께서는 탐욕에 찌든 대각간을 물리치고 공명정대한 신라를 약속하셨소. 나는 대사의 약속을 믿고 명을 이행하는 거요."

"애초에 그 약속이 거짓이라면? 김 대사가 전쟁을 벌인 의도가 방탕한 대각간을 쳐서 신라를 바로잡는 게 아니라면? 신라를 손아귀에 넣어 사리사욕을 채우기 위해서라면, 어쩔 거요?"

"대사는 그런 분이 아니오!"

고이랑이 발끈했다. 철불가는 고이랑의 반응을 보고는 설핏 미소를 지었다.

고이랑을 어르고 달래도 부족할 판에 어째서 철불가가 이러는 것인가. 남의 울화통을 터뜨리는 게 일상이라 할지라도, 붙잡혀 있는 상황에서 고이랑의 화를 돋우는 건 이상했다. 이런 때 백이면 백 철불가에게는 꿍꿍이가 있었다. 수백 번이나 포로가 되었던 철불가는 수백 번 탈출에 성공했다. 그리하여 그에겐 '슬기로운 포로생활'이라는 비기가 정립되었다.

먼저, 자신을 감시하는 간수와 친해져야 한다. 그러면 간수는 마음이 약해져 빈틈을 보이고 만다. 간수의 고민을 알아채고 슬쩍 한마디 날려준다. 그러면 간수의 마음이 말랑해져 감시가 허술해지기 마련이니, 그때를 노려 달아나면 된다.

일반적인 간수라면 말이다.

그러나 이번 상대는 꼬장꼬장한 고이랑이었다. 철벽같은 고이랑과 친해지기란 소소생이 재밌는 덕담을 하는 것만큼이나 불가능했다. 고이랑은 보물, 술, 아첨, 고민 상담 그 어떤 것도 통하지 않았던 것이다.

그래서 철불가는 고이랑의 충직한 성품을 공략하기로 했다.

"계속 말하시오. 입에도 자물쇠를 달고 싶으면."

고이랑이 자리를 털고 일어나 어딘가로 홀연히 사라졌다.

"불리해지니 내빼는군. 하긴 천하의 철불가의 말발에 밀리지 않을 순 없겠지. 후후."

철불가는 턱수염을 쓰다듬으며 웃었다. 겉보기에 고이랑은 눈 하나 꿈쩍하지 않는 것 같았다. 하지만 인간이란 동요할수록 완강하게 행동하는 법. 철불가는 고이랑을 어떻게 구워삶을까 다음 전략을 떠올렸다.

한편, 고이랑은 생각을 정리하려 산길을 걷고 있었다. 그렇게 발길 닿는 대로 가다 산등성이를 넘어서자 고이랑의 눈에 사포항이 한눈에 내려다보였다. 거대한 장인들이 사포를 휘젓는 모습이 보였다. 원근감이 무너져 현실 감각이 떨어지는 장면을 넋 놓고 보고 있던 고이랑의 눈에 병사들을 따라가다 말고 백성들에게 발길을 돌리는 장인이 보였다.

고이랑은 반사적으로 발을 뗐다. 어느새 고이랑은 산줄기를 타고 사포로 달려가고 있었다. 철불가를 감시하라는 김 대사의 명은 이미 잊혀졌다. 백성이 장인에게 공격받는 것을 보게 된 이상 가만 있을 수 없었다.

사포항에서 간신히 목숨을 건진 백성들은 가까워져 오는 장인

을 보고 눈을 질끈 감았다. 그때 번쩍이는 빛이 장인의 손가락에 날아들었다. 한 박자 늦게 장인의 손가락이 후드득 땅바닥에 떨어졌다.

고이랑이 순식간에 사포에 다다른 것이었다. 장인은 고이랑이 내뿜는 살기에 겁을 먹고 다른 장인들을 따라 철문으로 향했다.

고이랑은 남은 백성들에게 말했다.

"어째서 피난하지 않고 여기 있었소? 이제 장인은 다시 여기로 오지 않을 터이니 걱정 마시오."

고이랑의 말에 그들 중 가장 연장자로 보이는 남자가 눈물을 흘리며 말했다.

"피난하려고 했으나 장인들이 저희를 공격해 속절없이 당했습니다."

"무슨 소리요? 대사께서는 대각간과 손을 잡은 이들만 벌한다고 하셨는데……."

남자는 고이랑의 앞에 엎드려 고했다.

"저희는 대각간이 누구신지 얼굴도 모릅니다. 대각간이라는 말이 뭔지 모르는 사람이 더 많을 겁니다. 화랑께서 김 대사를 말려 주십시오."

장인 부대는 병사들이 유인하는 대로 철문을 설치한 산골짜기에 이르렀다. 철문 주변으로는 각종 목책과 바위를 옮겨 놓고, 압정

처럼 뾰족하게 만든 목책을 여기저기 뿌려 놓았다. 진설이 장인의 진격을 늦출 방법을 밤낮으로 생각한 결과였다.

장인들은 목책을 밟고도 아무렇지 않은 것 같았다. 장인의 발길질 한 번이면 목책이 무너지고, 손짓 한 번이면 바위가 돌멩이처럼 날아갔다.

병조들이 겁에 질려 하늘로 날아올랐다. 소소생은 병조를 한 마리라도 잡으려고 마지막으로 날아오르던 놈의 발목을 잡았다. 붙잡힌 병조가 부리로 소소생의 손을 쪼았다. 소소생이 손을 놓자 마지막 병조마저 하늘로 날아갔다.

"으악! 어디 가는 거야?"

쿠웅. 장인이 철문에 가까이 다가올 때마다 발바닥 모양의 구덩이가 만들어졌다.

"장인이 왔다! 공격하라!"

장수가 외쳤다. 하지만 장인들의 위력적인 모습에 병사들은 이미 전의를 상실했다.

"나, 나는 못해……. 저런 괴물이랑은 못 싸워……!"

병졸 하나가 쥐고 있던 창을 내동댕이치고 달아나려 했다. 그러자 장수가 칼을 꺼내 병사의 목을 베었다.

"도망치는 놈들은 군령에 따라 전부 즉결 처분한다! 네놈들이 죽을 곳은 여기뿐이다! 살고 싶으면 싸워서 이겨라!"

장수가 살기 어린 얼굴로 외치자 달아나려고 했던 병사들이 제자리로 돌아왔다.

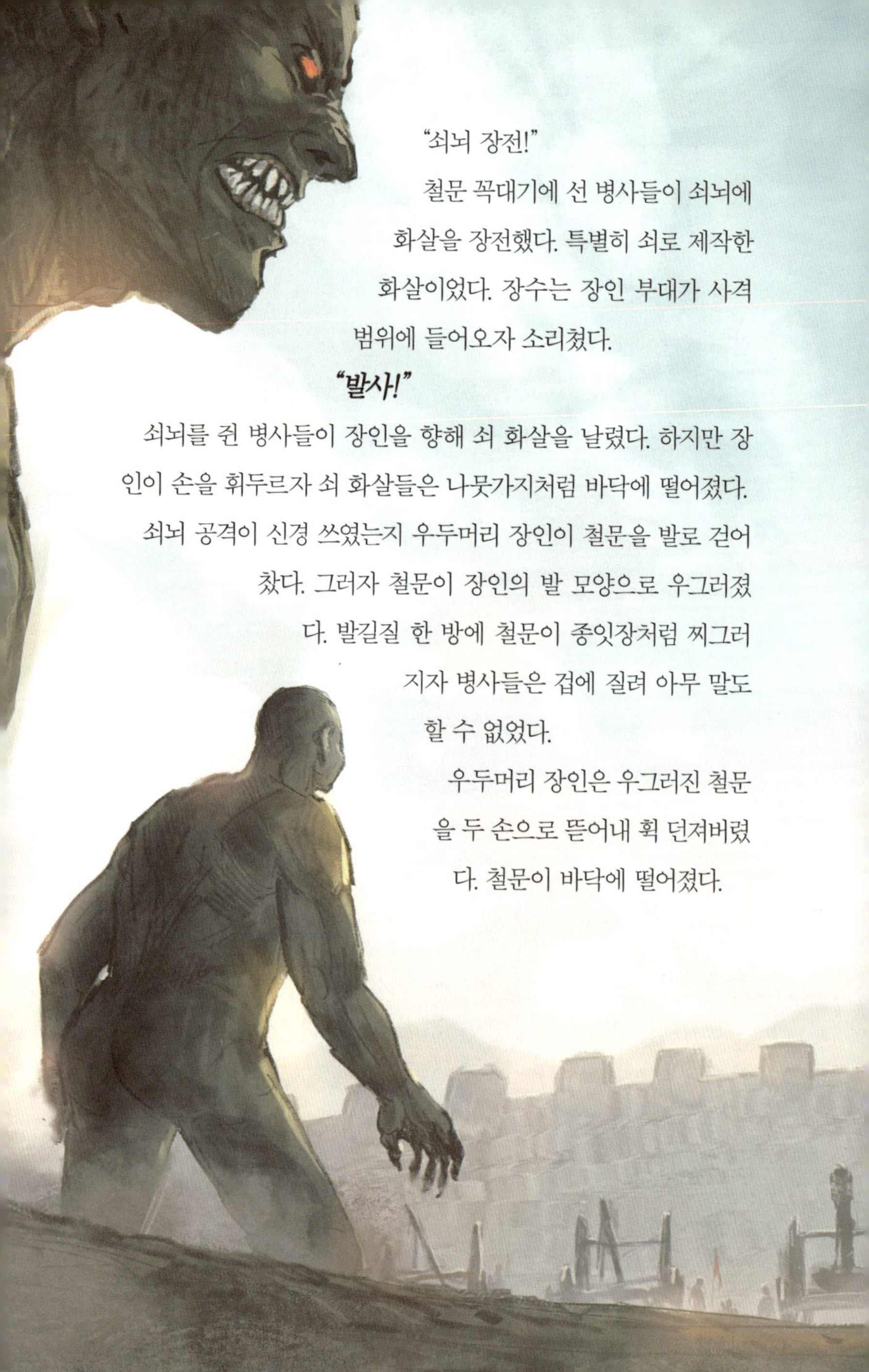

"쇠뇌 장전!"

철문 꼭대기에 선 병사들이 쇠뇌에 화살을 장전했다. 특별히 쇠로 제작한 화살이었다. 장수는 장인 부대가 사격 범위에 들어오자 소리쳤다.

"발사!"

쇠뇌를 쥔 병사들이 장인을 향해 쇠 화살을 날렸다. 하지만 장인이 손을 휘두르자 쇠 화살들은 나뭇가지처럼 바닥에 떨어졌다. 쇠뇌 공격이 신경 쓰였는지 우두머리 장인이 철문을 발로 걸어 찼다. 그러자 철문이 장인의 발 모양으로 우그러졌다. 발길질 한 방에 철문이 종잇장처럼 찌그러지자 병사들은 겁에 질려 아무 말도 할 수 없었다.

우두머리 장인은 우그러진 철문을 두 손으로 뜯어내 휙 던져버렸다. 철문이 바닥에 떨어졌다.

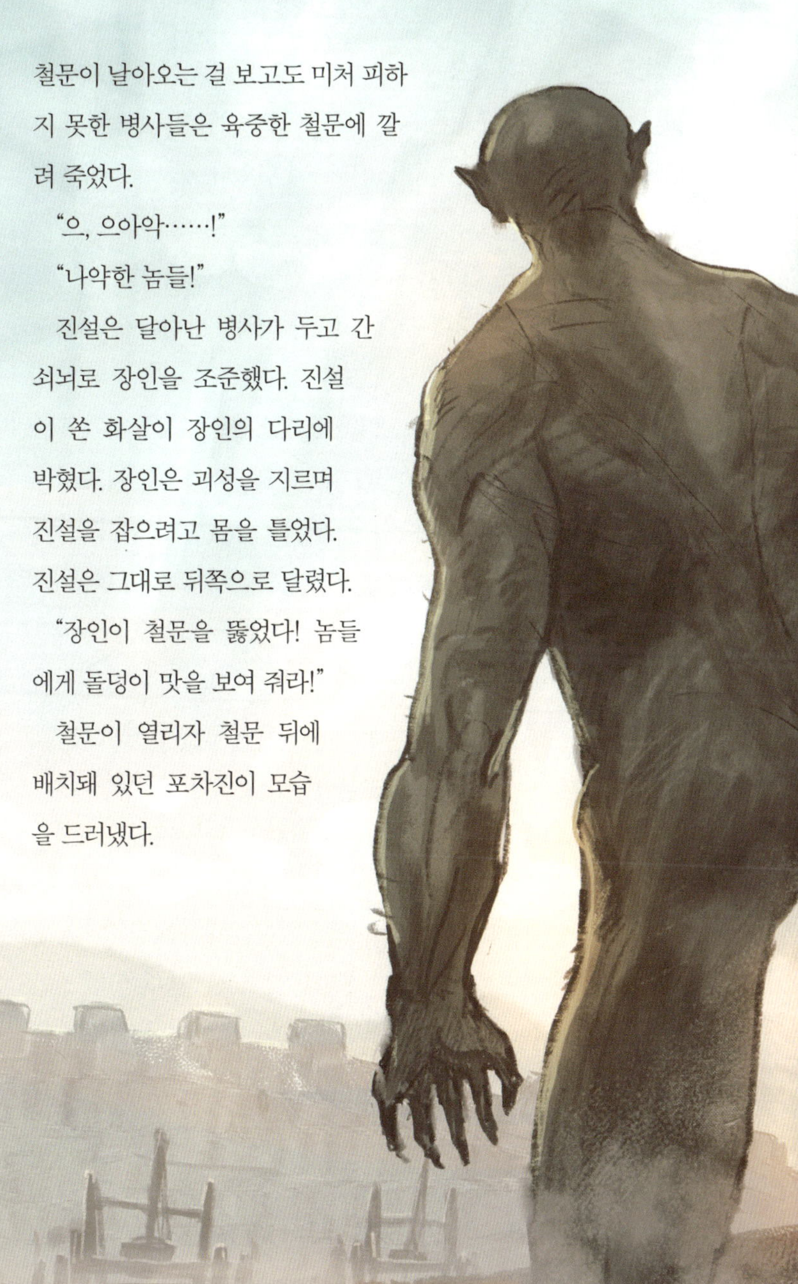

철문이 날아오는 걸 보고도 미처 피하지 못한 병사들은 육중한 철문에 깔려 죽었다.

"으, 으아악……!"

"나약한 놈들!"

진설은 달아난 병사가 두고 간 쇠뇌로 장인을 조준했다. 진설이 쏜 화살이 장인의 다리에 박혔다. 장인은 괴성을 지르며 진설을 잡으려고 몸을 틀었다. 진설은 그대로 뒤쪽으로 달렸다.

"장인이 철문을 뚫었다! 놈들에게 돌덩이 맛을 보여 줘라!"

철문이 열리자 철문 뒤에 배치돼 있던 포차진이 모습을 드러냈다.

포차진에 배치된 소소생은 제 머리만 한 돌을 포차의 석포에 올렸다. 제 몸집에 비해 좁은 골짜기로 장인들이 몰려들었다. 마치 장인 스스로 돌덩이를 맞으러 달려드는 것 같았다.

"발사!"

포차진을 이끄는 장수가 외쳤다. 소소생은 석포에 연결된 밧줄을 힘껏 잡아당겼다. 지렛대의 주머니가 들리며 돌덩이가 멀리 날아갔다.

픽. 둔탁한 소리를 내며 돌덩이가 장인의 얼굴을 맞혔다. 명중이었다. 사방에서 불을 붙인 지푸라기 공과 돌덩이가 장인에게 발사됐다. 집중포화가 시작되었다. 잇단 공격에 장인들이 주춤하였으나 더욱 난폭하게 날뛰었다.

포차진으로 일부 장인들이 쓰러지고, 진격을 늦출 수는 있었지만 역부족이었다. 진설도 이를 알고 있었다. 사포에는 아직 산성이 남아 있다. 그곳이야말로 몇 년간 자신이 지켜 온 곳이다.

"칼을 들어라! 절대 놈들이 산성으로 가게 두지 않는다!"

김 대사가 언덕에서 하얀 깃발을 들었다. 김 대사의 신호에 장수가 장인 부대 후미에 있던 아기 장인을 앞으로 보냈다. 아기 장인이 성문으로 걸어오더니 성문을 들이받기 시작했다.

큰 소리에 고개를 돌린 소소생이 아기 장인을 발견했다. 키가 스무 척이나 될 만큼 자랐지만 얼굴은 그때 만났던 그대로였다.

"뭐 하는 거냐? 칼을 들어라!"

포차진을 이끌던 장수가 소소생에게 소리쳤다.

소소생은 장수에게 말했다.

"장군! 장인은 사람의 말을 알아듣습니다."

"갑자기 그게 무슨 소리냐?"

장수가 되물었다. 옆에 서 있던 진설도 소소생을 보았다.

"네. 장인은 생각보다 똑똑합니다. 원래 그들은 먼저 공격받지 않으면 사람을 공격하거나 잡아먹지 않습니다."

"그럼 지금 이 전쟁은 무엇이란 말이냐? 네놈은 장인의 부하냐? 신라의 백성이냐?"

"김 대사가 무슨 짓을 한 게 분명합니다. 김 대사는 전에도 아기 장인을 잡아 온 적이 있습니다. 그때도 장인들이 사포를 공격했지만 아기 장인을 돌려주자 물러났죠. 이번에도 말로 타이르면 싸움을 멈추고 돌아갈지도 모릅니다."

장수도 진설도 소문으로 들은 적이 있는 얘기긴 했다. 하지만 소문이기에 믿을 수 없기도 했다.

장수가 물었다.

"네가 그것을 어찌 아느냐."

"실은 저는 김 대사의 명령으로 장인과 덕담 공연을 한 적이 있습니다."

"덕담 공연?"

"네. 아기 장인이 제 덕담을 좋아했거든요. 아기 장인과 저는 꽤나 손발이 잘 맞았습니다."

소소생은 좋은 추억이라도 떠올리는 듯 코밑을 쓱 닦았다.

옆에서 듣고 있던 진설은 어처구니가 없다는 눈으로 소소생을 쳐다봤다. 장수도 같은 생각인 듯했다.

"거짓말 말거라. 장인과 덕담을 한 자는 덕담계 해적 두령이자 삼면총해적주라 불리는 자다. 네가 소소생이라도 된단 말이냐?"

"제가 그 해적 소소생이 맞습니다!"

"네가 해적이면 나는 철불가다! 네놈이 전장을 망치려고 헛소리를 지껄이는구나!"

"진짜입니다!"

소소생은 가슴을 치며 분통을 터트렸다. 그렇게 덕담계 해적이 아니라고 변명할 때는 아무도 안 믿어 주더니. 이젠 자신이 그 해적이 맞다고 해도 안 믿어 주다니.

진설이 보기에 소소생은 거짓을 말할 자는 아니었다. 답답한 구석은 있었지만 항상 동료들을 먼저 챙겼고, 벌을 받을지언정 거짓을 고한 적은 없었다. 저의 말이 진짜라면 이 전쟁을 끝낼 방법이 생길지도 몰랐다. 진설이 끼어들었다.

"네놈이 하는 말이 진짜라면 덕담을 해 보거라."

"덕담을요?"

"그래. 네놈 말을 증명하란 말이다. 네놈이 진짜 덕담꾼이라면 어디서든 덕담을 지어낼 수 있을 것 아니냐."

소소생은 가만 생각하다가 말했다.

"병졸을 보내 달라 했는데 병조를 보내었으니, 아, 김 대사가 만든 장기판에서 병과 졸이 되어 죽게 되겠구나."

소소생은 기대에 가득 찬 눈으로 장수와 진설을 보았다.

"저놈을 끌고 가 장인에게 던져라."

진설이 싸늘하게 다른 병사에게 말했다. 병사 두 명이 달려와 소소생의 양팔을 잡고 끌고 가려 했다.

"진짜 제가 덕담꾼 소소생, 삼면총해적주 소소생이라니까요?"

소소생이 발버둥치다가 주르륵 넘어졌다. 그 바람에 소소생을 데리고 가던 두 병사도 덩달아 미끄러졌다.

성문을 부수던 아기 장인이 그 모습을 발견하고 멈췄다.

키키키킥. 웃는 듯한 소리를 내자 소소생은 병사들을 뿌리치고 아기 장인에게 달려갔다.

"아기 장인!"

"저 미친놈이! 장인에게 먹어 달라고 애걸이라도 하는 거냐?"

진설은 아기 장인에게 쇠뇌를 조준했다. 쇠뇌를 막 쏘려고 할 때 소소생이 팔을 들고 외쳤다.

"공격하지 마세요!"

"무슨 짓이야?"

진설은 쇠뇌를 거두지 않은 채 소소생을 지켜보았다.

"아기 장인! 나야 소소생!"

소소생이 방방 뛰며 소리쳤다. 아기 장인은 고개를 숙이고 소소생을 쳐다보았다.

부우우웅
척
척
척
척

"나를 기억하지? 왜 여기서 사람들을 공격하는 거야? 넌 이런 걸 싫어하잖아!"

아기 장인의 눈이 기묘하게 빛났다.

아기 장인은 소소생을 응시하다가 천천히 입을 벌렸다. 우두머리 장인도 성문을 부수는 데 가세하려다 아기 장인을 쳐다봤다.

언덕에서 이를 보고 있던 김 대사가 검은색 깃발을 들었다.

수문 앞에서 장인 부대를 거느리고 있던 병사가 김 대사의 신호를 보고 뿌우우 나팔을 불었다.

나팔 소리에 김 대사의 병사들이 망 투구를 썼다.

"뭐 하는 거지?"

진설은 불길한 표정으로 소소생과 김 대사의 병사들을 번갈아 보았다. 곧 김 대사 측 장수가 우두머리 장인의 종아리에 채찍을 휘둘렀다. 우두머리 장인이 괴성을 지르자 목에 걸고 있던 검은 구슬이 들썩였다. 검은 구슬의 정체는 한데 뭉친 흑갑신병이었다.

아기 장인은 소소생에게 입을 벌려 안에 드글드글한 흑갑신병을 보여 주었다.

"흑갑신병이 장인을 괴롭히고 있었구나!"

소소생은 드디어 김 대사가 장인을 조종하는 방법을 깨달았다.

"김 대사가 흑갑신병을 대체 어디서 찾은 거지? 혹시 철불가가……? 아니, 철불가가 흑갑신병이 있는 곳을 알았다면 그동안 가만히 뒀을 리가 없는데?”

소소생이 고심하는 사이 아기 장인의 커다란 눈에 물기가 차올랐다. 하지만 이내 흑갑신병들이 아기 장인에게 날아들었다.

“아기 장인! 내가 도와줄게!”

소소생은 아기 장인에게 날아드는 흑갑신병을 쫓아내려고 팔을 휘저었다. 그러자 흑갑신병들이 소소생에게도 달려들었다. 흑갑신병들이 이번엔 포차진으로 날아갔다. 흑갑신병을 모르는 병사들 눈에는 시커먼 모래바람이 부는 것처럼 보였다.

“저건 뭐지?”

진설이 눈을 가늘게 뜨며 중얼거렸다.

검은 모래바람처럼 날아온 흑갑신병들은 석포의 밧줄을 잘라 버리고 바퀴와 지렛대를 갉아먹었다. 그러고는 병사들의 귀와 눈, 코로 기어 들어갔다.

“으악!”

병사들이 얼굴을 움켜쥐고 쓰러지고, 피를 흘리며 발작했다. 김 대사의 병사들은 괴로워하는 병사들을 손쉽게 처리하고 다녔다.

“눈, 코, 입을 막아요!”

소소생이 소리쳤다. 소소생도 흑갑신병을 떼어 내려고 몸부림쳤다. 오래전 산해파리가 불러왔던 참상이 다시 펼쳐지는 듯했다.

5

소소생은 옷자락을 찢어서 코를 막았다. 천 조각을 둘둘 말아 귓구멍도 막았다. 소소생의 몸으로 들어가려던 흑갑신병들은 다른 병사들에게 날아갔다.

소소생이 외쳤다.

"이놈들은 흑갑신병입니다!"

"흑갑신병?"

진설이 물었다.

"눈에 안 보일 만큼 작아서 눈, 코, 입, 귀 어디로든 들어가 몸속에서 사람을 해칠 수 있습니다. 그러니 일단 구멍이란 구멍은 다 막으세요!"

소소생이 소리쳤다.

진설은 소소생의 말이 진짜인지 아닌지 생각할 시간이 없었다.

소소생의 말을 듣자마자 진설은 가까이 있던 적군에게 달려들어 목을 베고, 망 투구를 뺏어 썼다. 그러고는 소소생의 목에 검을 겨눴다.

"흑갑신병이라는 건 어찌 아는 것이냐. 네놈은 김 대사가 보낸 첩자냐?"

"말씀드렸지 않습니까? 제가 삼면총해적주 소소생이라고요! 전 장인과 덕담 공연도 했고, 흑갑신병 때문에 벌어진 박 한찬과 김 대사의 전쟁도 목격했습니다."

"네놈이 정말 덕담계 해적이라고?"

진설은 아까 소소생이 했던 재미없는 덕담을 떠올렸다. 아무리 생각해도 잔인무도한 해적이 할 만한 덕담은 아니었다. 아직 진설은 소소생을 완전히 믿을 수 없었다.

"이게 다 철불가 때문이지만, 설명하자면 길어요."

"철불가? 구주제일마귀 철불가 말이냐? 어쨌거나 흑갑신병을 없앨 방법도 알고 있느냐?"

"흑갑신병을 백갑신병으로 만들거나 놈들을 다른 곳으로 유인할 수는 있지만. 지금은 그럴 시간도 도구도 없어요. 이미 이 전쟁은 패했습니다. 그러니 저 성문을 열어서 남은 병사들이라도 살려야 합니다."

소소생이 산성을 지키는 굳건한 성문을 가리켰다. 철문을 만들고 남은 철을 사용해 더욱 강화해서 그런지 아기 장인이나 다른 장인들의 발길질에도 버티는 듯했다.

"내가 수문장이긴 하나 나는 산성이 무너지지 않게 성문을 지키라는 명만 받았다. 저 성문을 열 수 있는 건 산성에 있는 장군뿐이다."

"장군을 만나게 해 주십시오."

"나도 만날 수 없는 분이다. 산성 안으로 들어가야 하는데 성문을 개방할 수 없으니……. 포기하는 게 좋을 거다."

"안 돼요. 이대로는 전멸입니다."

이미 수많은 병사가 쓰러졌다. 더는 죽어 가는 병사들을 볼 수 없었다.

"철불가라면 어떻게 했을까."

소소생은 철불가가 했던 말들을 떠올렸다. 어떤 순간에서든 살아날 구석을 찾아내는 그라면 어떻게 했을까.

'내가 왜 철불가인 줄 아니? 철벽이 불가능하게 잘생겼다는 뜻이란다.'

소소생의 기억 속에서 철불가가 턱수염을 쓰다듬으며 한쪽 눈을 찡긋 감았다.

"이거 아니야."

소소생은 도리질했다.

이번엔 다른 기억이 떠올랐다. 철불가는 소소생을 가련한 중생이라도 되는 양 보면서 힝 울상을 지었다.

'네 덕담은 정말 재미가 없구나. 차라리 해적이라고 하렴. 이런 식이면 고래눈한테도 승산이 없어.'

"아니, 아니. 그거 말고."

소소생은 다시 고개를 흔들었다.

철불가가 날카로운 눈빛으로 말하던 기억이 났다.

'해적의 도리가 뭔지 아니? 끝까지 살아남는 거란다.'

"그래, 그거야. 좀 더 기억나라."

소소생은 철불가가 했던 말을 떠올리려고 관자놀이에 손가락을 대고 빙글빙글 돌렸다.

철불가가 잘난 체하며 설교하던 모습이 선명하게 떠올랐다.

'해적은 말이야, 마지막 순간까지 살아남을 궁리를 해야 해. 끝까지 살아남는 자가 승자거든. 당장 숨이 끊어질 것 같아도 숨 한 번이라도 더 쉬려고 버텨. 숨 한 번이 세 번이 되고, 서른 번이 된다. 그러다보면 살게 되지. 그러니까 할 수 있는 일을 찾아보라고.'

소소생은 고개를 번쩍 들었다.

"그래! 지금 할 수 있는 방법. 그게 뭔지 찾아보자."

소소생은 주변을 두리번거렸다.

마침 흑갑신병 한 마리가 소소생에게 날아들었다. 놈은 소소생의 콧구멍을 노리는 듯, 눈앞에서 윙윙 소리를 내며 얼씬거렸다.

소소생은 두 손을 철썩 마주쳐서 흑갑신병을 내리눌렀다.

소소생은 손바닥을 조심스럽게 벌려 보았다. 다행히 놈은 손안에 제대로 잡혀 있었다.

"윽."

그 순간 소소생의 손바닥에서 피가 뚝뚝 떨어졌다. 흑갑신병이

창처럼 뾰족한 앞발로 손바닥을 꼬집고 살갗을 헤집어 상처를 낸 것이다. 말 그대로 생살이 찢어지는 고통이었지만, 이대로 흑갑신 병을 놓칠 수 없었다. 지금 잡은 흑갑신병이 어쩌면 철불가가 말한 숨 한 번일지도 몰랐다.

소소생은 이를 악물고 손에 힘을 주었다. 흑갑신병이 사납게 날 뛰었다.

"뭐 하는 거야?"

진설이 놀라서 소리쳤다.

"산성으로 갈 거예요."

소소생은 흐르는 피에도 아랑곳하지 않고 결연하게 말했다.

"무슨 수로?"

소소생은 진설의 물음에 대답하지 않고 성문을 향해 몸을 틀었 다. 소소생은 피범벅이 된 두 손을 꼭 쥔 채 성문을 부수고 있는 장 인에게 달려갔다.

"저 녀석이!"

진설은 당황해서 말리지도 못하고 소소생을 지켜봤다.

"이 바보야!"

소소생은 장인의 발치에서 고개를 쳐들고 힘껏 소리쳤다. 장인 은 성난 듯 씩씩거리며 거대한 몸을 숙여 소소생에게 얼굴을 들 이밀었다.

"크아아악!"

장인의 입김이 강풍처럼 몰아쳤다. 그 바람에 소소생은 하마터면 흑갑신병을 놓칠 뻔했다. 소소생은 나뭇잎처럼 휘청거렸지만 자세를 고쳐 잡고 피가 줄줄 흐르는 두 손을 활짝 펼쳐 보였다.

"이거나 먹어라!"

그러자 소소생의 손에 갇혀 있던 흑갑신병이 부웅 날아올라 장인의 얼굴로 달려들었다. 흑갑신병은 장인의 눈으로 돌진했다.

장인이 안 그래도 큰 눈을 더욱 크게 뜨며 흑갑신병을 피하느라 급하게 몸을 비틀었다. 그 바람에 장인은 중심을 잃고 바닥에 넘어졌다.

"크아아아아아아아악!"

이것이 철불가가 말한 한 번의 숨이 세 번의 숨으로 이어지고 세 번의 숨이 서른 번의 숨이 되는 순간이었다.

소소생은 재빨리 장인의 발에서 종아리로 기어올랐다. 장인의 철심처럼 뻣뻣하고 두꺼운 다리털을 지지대 삼아 종아리에서 무릎까지 기어올랐다. 그 다음 무릎에서 장인의 등으로 뛰어올랐다.

무사히 착지한 소소생은 이젠 장인의 등에서 어깨를 향해 기어오르기 시작했다.

"대체 무슨 생각으로 저러는 거야?"

진설은 소소생을 보고 감탄인지 걱정인지 모를 말을 뱉었다.

저놈이 뭘 할지는 모르겠지만 일단 따라가 보자. 진설은 본능적으로 이렇게 판단했다. 곧이어 진설도 소소생을 따라 장인의 몸으로 뛰어올랐다. 진설이 급히 움직이는 통에 투구가 떨어졌지만 소소생을 따라 장인의 등까지 기어 올라갔다.

으아아아아잉!
으!
저리 가!
미끌-
으악
헉 헉
쬬르르르르

잡아!

턱!

휙ㅡ!
응
부

척!

휙
틱!

타다다다닥

소소생과 진설은 성문을 넘어 가까스로 산성 안에 도착했다. 장인과의 혈투를 벌이느라 피비린내가 진동하는 바깥과는 전혀 다른 세상 같았다. 돌을 다져 튼튼하게 쌓은 성벽과 장수와 장군이 지내는 질 좋은 천막이 보였다. 각종 무기와 식량을 쌓아 놓은 보급소도 있었다.

산성 곳곳에 정예 병사들이 질서정연하게 서서 적의 공격을 대비하고 있었다. 정예 부대에 속한 병사들은 소소생이 입은 나뭇조각과는 비교도 되지 않는 튼튼한 갑옷을 걸치고 있었다. 그들이 입은 갑옷은 반들반들 윤이 나는 철갑이었고 그들이 쥔 창과 칼은 매우 날카로웠다. 적은 성문 밖에 있는데 이런 전력이 어째서 여기에 틀어박혀 있는지 소소생은 이해할 수 없었다.

"지금 성문 밖에서 수많은 병사가 죽어 가는데 어째서 이들은 꿈쩍도 하지 않는 것입니까."

소소생은 진설에게 물었다.

"저들도 나 같은 병사일 뿐이다. 장군의 명이 있어야만 움직일 수 있어."

진설은 소소생을 데리고 장군이 있는 천막으로 갔다.

"장군, 긴히 드릴 말씀이 있습니다."

진설이 천막 밖에서 큰 소리로 말했다.

"들어와라."

장군의 목소리가 들렸다.

진설은 소소생을 데리고 천막으로 들어갔다.

“무슨 일이냐.”

장군의 물음에 소소생이 한 발 앞으로 나섰다.

“장군, 지금 산성 밖은 지옥입니다. 장인 부대가 나타나 사포를 짓밟고 철문도 부쉈습니다. 거기에 더해 흑갑신병이라는 눈에 보이지 않는 괴물이 석포를 무용지물로 만들고 병사들을 죽이고 있습니다. 병사들이 괴물들을 피해 여기로 대피할 수 있게 성문을 열어 주십시오.”

“어허. 너는 임전무퇴 화랑정신을 모르느냐?”

“제발 병사들이 목숨만은 건지게 해주십시오.”

“성문을 열면 병사들뿐만 아니라 흑갑신병과 장인이 들어올 것 아니냐? 아니 된다.”

“그렇다면 산성에 있는 정예 부대라도 성 밖으로 보내 주십시오. 장인들을 막으려면 지원군이 필요합니다.”

“지원군을 보내려면 성문을 열어야 하고, 성문을 열면 괴물들이 들어올 것 아니냐? 네놈의 머리는 돌대가리냐?”

“그럼 아무것도 하지 않으실 겁니까? 밖에 있는 병사들을 죽게 두실 겁니까? 나라를 위해 목숨 바친 백성들을, 나라가 버리는 게 맞느냔 말입니다!”

소소생이 소리치자 장군이 칼을 꺼내 소소생에게 겨눴다.

“너 같은 놈이 하극상을 일으키는 건 말이 된다고 생각하느냐? 당장 네놈의 목을 베겠다!”

장군의 눈에서 불같은 노여움이 일었다.

"장군, 죄송합니다. 이놈은 제가 처리하겠습니다."

진설이 다급히 수습에 나섰다. 진설은 장군에게 지지 않으려는 소소생의 입을 틀어막고 천막 밖으로 끌고 나왔다.

"소소생이라고 했지? 네가 아무리 해적이 본업이라지만 해적은 목숨이 아홉 개쯤 되는 거냐? 그렇게 앞뒤 없이 덤비는 게 말이 되는 것이냐?"

진설이 기가 차다는 듯이 말했다.

"말씀 중에 죄송하지만, 제 본업은 덕담꾼입니다. 해적은 어쩌다 보니 그리 된 것이고요. 아무튼 저 장군 하는 말이 너무하지 않습니까. 코앞에서 병사들과 죄없는 백성들이 죽어 가는데 어떻게 저럴 수가 있습니까!"

"원래 장군이란 족속들은 본인의 사람이 아니면 챙기는 꼴을 본 적이 없다."

진설은 대수롭지 않다는 듯이 말했다. 장군들의 남 탓과 미루는 버릇은 이미 익숙했다.

"백성들이 목숨 바쳐 적의 힘을 빼놓으면, 지위가 낮은 가문의 장군들부터 하나둘 자기 부대를 이끌고 나타나지. 그러다 그들이 죽으면 그 다음으로 높은 장군이 나타나 싸우고. 그걸 반복하다가 마지막 전투 즈음엔 가장 높은 가문의 장군이 영웅처럼 나타나 싸움을 끝내는 거야. 그러면서 '이 전쟁은 내 덕에 이겼다!' 하고 모든 공을 차지하는 거지. 다들 그걸 노리느라 나서지 않는 거다."

"힘을 모아도 이길까 말까인데. 병사들이 죽기를 바란다니. 어찌

나랏일 하는 분들이 저런단 말입니까!"

울분을 터트리는 소소생의 목소리가 떨렸다. 분노가 목구멍까지 치밀어 올랐다.

"신라는, 그런 나라다. 장군들은 차라리 다 같이 망하는 게 낫다고 생각해. 나라를 구하려고 왜 손해 볼 짓을 하겠니. 뭐, 이젠 나도 왜 신라를 위해 목숨을 걸어야 하는지 모르겠구나."

진설은 자조적으로 말했다.

이렇게나 부패해 있단 말인가. 어떻게 사람이 저럴 수가 있나. 소소생은 힘이 쭉 빠져 걸음을 멈추고 무릎을 짚고 섰다.

"우리가 이길 가능성은……. 정말 조금도 없을까요?"

소소생이 한숨을 쉬며 물었다.

"글쎄다. 있다 해도 흑갑신병만 한 가능성이겠지. 김 대사가 다 된 밥에 재 뿌리는 짓이라도 하지 않는다면 말이지. 그렇지만 그럴 리가 있겠니?"

진설이 어깨를 으쓱했다.

"크아아아악."

"살려 줘!"

"으아악! 도와주세요! 문 좀 열어 주세요!"

성문 너머 장인들의 괴성과 병사들의 비명이 들려왔다. 소소생은 별수 없다는 것을 알면서도 두 주먹으로 힘껏 성문을 쳤다. 그렇게 하면 성문이 열리기라도 할 것처럼. 주먹이 아파 왔지만 이렇게라도 하지 않으면 안 될 것 같았다. 성문 밖에서 죽어가는 이들을 구하기 위해 뭐라도 하고 싶었다.

진설이 피투성이가 된 소소생의 주먹을 붙잡고 말렸다.

"그러다 부러진다."

소소생은 자신의 무력감에 치를 떨었다.

"인간이 어찌 괴물을 이길 수 있겠니."

진설의 말에 순간 무언가가 소소생의 머릿속을 스쳤다.

"맞아요……. 인간은 괴물을 이길 수 없어요! 괴물은 괴물이 맞서야겠죠!"

소소생이 흥분해서 빠르게 말을 뱉었다.

"갑자기 무슨 소리냐?"

수문장이 물었다.

"혹시, 말 한 필을 빌릴 수 있을까요?"

소소생이 말했다.

"수수께끼도 아니고. 뭐, 기다려 봐라. 그 정도는 해 줄 수 있을 것 같으니."

진설은 소소생을 데리고 마구간으로 갔다. 훌륭한 갑옷을 걸친 병마들이 주르르 서서 말린 풀을 먹고 있었다. 병마들이 입은 갑옷이 소소생이 입은 갑옷보다 좋아 보였다.

진설은 마구간 구석에서 새하얀 말을 데리고 나왔다. 녀석은 눈처럼 새하얀 말이었는데 온몸에 비단처럼 윤기가 흘렀다.

"이 녀석은 천마다. 이 요새에서 가장 귀한 말이지. 이 녀석이 사라진 걸 알면 아까 그 장군이 놀라 뒤집어질 게다."

"그런 귀한 말을 주셔도 되는 겁니까?"

"그 장군 재수 없었어. 한 방 먹이고 싶었거든. 장인 때문에 놀라 달아났다고 하면 그만이야."

"감사합니다."

진설은 소소생을 위아래로 훑어보았다.

"그런데, 너, 말은 탈 줄 아냐?"

"앗! 그걸 생각 못 했네요……."

소소생이 머리를 긁적였다.

"짐작은 했다만 대책 없는 놈이었군."

진설은 훌쩍 뛰어서 천마의 등에 올라탔다.

"타거라."

진설은 소소생에게 손을 내밀었다.

"예? 설마, 같이 가시는 겁니까?"

"그래. 지금 너 말고는 희망을 걸 이가 아무도 없으니 어쩌겠니. 마음 바뀌기 전에 타라."

"감사합니다!"

소소생은 진설의 손을 잡고 천마의 등에 올라탔다.

"꽉 잡아. 떨어지면 버린다."

진설은 발로 천마의 등을 가볍게 찼다.

"이럇."

천마는 소소생과 진설을 등에 태우고 번개 같은 빛을 내며 출발했다.

소소생과 진설이 산성을 떠나고 얼마 지나지 않아 흑갑신병과 장인들은 견고한 성문마저 무너트렸다.

장인과 흑갑신병의 공격에 정예 부대가 맞섰으나 이내 성 안은 피바다가 되었다. 성문을 열지 말라고 버티던 장군은 달아나다 우두머리 장인에게 짓밟혔다. 그는 포처럼 납작해져서 죽음을 맞았다.

김 대사는 장인 부대를 이끌고 치른 전투에서 첫 승리를 거뒀다. 그것은 큰 승리였다. 김 대사에겐 희열을, 서라벌의 대신들에겐 절망을 주었으니.

그러나 김 대사와 거인들은 거기서 멈추지 않았다.

6

범이는 고래눈이 말했던 '모든 일에 열쇠를 쥔 사람'을 찾아다녔다. 그를 찾기란 쉽지 않았으나 몇 날 며칠을 추적한 끝에 그자가 옛 청해진 터에 있다는 소식을 들었다. 범이는 그자가 조개무지를 파헤치고 있는 것을 보고 다가갔다.

"오랜만입니다."

그자는 그제야 하던 일을 멈추고 범이를 쳐다보았다.

"아, 자네인가?"

시간이 지난 데다 몰골이 말이 아니었지만 총명한 눈빛은 변함이 없었다. 고래눈이 찾으라 했던 자. 그자는 바로 장동이었다.

"그간 평안하셨습니까."

"그럴 리 없지 않소. 인사할 시간이 있거든 나를 도와주시오."

"무엇을 하고 계십니까."

"김 대사를 막을 방법을 찾고 있소."

"그것이 이 쓰레기 더미에 있단 말입니까?"

범이는 쓰레기로 뒤덮인 조개무지를 보았다.

장동은 고개를 끄덕였다.

장동도 얼마 전 김 대사의 배반 소식을 들었다. 그는 명주문고에서 다른 문서를 더 조사한 끝에 자신이 찾아준 것이 흑갑신병의 알을 찾는 지도였으며 김 대사가 흑갑신병으로 장인을 조종하고 있음을 추측할 수 있었다.

김 대사를 막아야 했다. 그가 흑갑신병을 찾아내는 데는 자신의 도움도 있었다. 그렇기에 더욱이 손 놓고 있을 수는 없었다.

고심 끝에 장동은 흑갑신병과 장인 부대를 막을 가능성이 있는 유일한 방법을 떠올렸다. 옛 청해진 터로 와서 조개무지를 헤집느라 손톱 밑에 진흙이 꽉 찼을 무렵 범이가 나타난 것이다.

장동은 범이에게 그간의 이야기와 자신이 찾는 것이 무엇인지 들려주었다.

"그렇게 된 거였군요. 찾으시는 게 여기에 있는 게 맞습니까?"

범이는 조개무지를 둘러보았다. 광활한 땅덩이가 전부 조개무지였다. 조개와 뼛조각, 쓰레기로 뒤덮인 이곳에서 장동이 말한 것을 찾아낼 수 있을까. 거의 모래밭에서 바늘 찾기였다.

"분명 있을 거요. 있어야만 하오, 그게 있어야 김 대사를 막을 수 있소."

장동의 목소리에서 비장함마저 느껴졌다. 지체할 틈이 없었다.

범이는 두 팔을 걷어붙이고 장동 옆에 섰다. 김 대사가 신라를 손에 넣기 전에 그것을 찾아야 했다.

서라벌에 있던 대각간에게 전갈이 날아들었다. 김 대사가 장인 부대를 앞세워 사포를 짓밟고 산성까지 격파했다는 소식이었다.

이에 대각간은 집사성을 소집했다. 한데 전쟁이 벌어진 시점에 가장 중요한 인물인 대장군이 보이지 않았다. 서라벌의 방위를 맡는 책임자가 자리를 비우다니.

"대장군은 무얼 하고 있느냐."

대각간의 목소리에 노여움이 서려 있었다.

"그것이…… 어제 늦은 시각까지 군사 회의를 하느라 병이 나서 일어나지 못했다고 합니다."

시랑이 대답했다. 해석하면 늦게까지 연회를 즐기느라 술병이 나서 오지 못했다는 뜻이었다.

"다른 자들도 그러한가?"

대각간은 이를 뿌득 갈았다. 감히 대각간의 부름에 모습을 보이지 않은 대신들이 더 있었던 것이다. 그들은 대장군과 함께 연회에 참석했거나 다른 나라로 피신해 회의에 불참했다.

시랑은 차마 답하지 못하고 고개를 숙였다.

"시랑은 대장군에게 가서 전쟁을 준비케 하라."

대각간의 명에 시랑은 대장군의 집으로 향했다. 대장군이 사는 화려한 금입택*은 왕궁처럼 으리으리했다. 서라벌에서 으뜸으로 화려한 곳이 왕궁이라면 두 번째는 대각간의 집이요, 세 번째가 이곳 대장군의 저택이라 할 만하였다.

"대장군께 내가 왔다고 하게."

시랑은 문지기에게 말했다. 곧 다른 신하가 나와 시랑을 집 안으로 안내했다. 신하가 안내한 곳은 저택 안에서도 가장 화려하게 장식된 별채였다. 창틀, 문고리, 바닥까지 금이 입혀 있었다.

"대장군, 해가 중천에 떴거늘 어째서 이런 추태를 보이시오?"

시랑이 말했다.

"시랑께서 어쩐 일이십니까?"

대장군은 술병을 들고 별채 바닥을 뒹굴었다. 회의에 불참한 다른 대신들도 대장군 곁에서 술잔을 기울이고 있었다.

"아니 대신들도 이곳에서 흥청망청 술을 마시고 있었던 거요?"

시랑은 어처구니없다는 얼굴로 말했다.

"그러지 말고 시랑께서도 한잔하시오."

대장군은 시랑에게 술잔을 들이밀었다. 시랑은 팔을 들어 사양하겠다는 뜻을 보였다.

"대각간께서는 대장군에게 크게 실망하셨소. 김 대사와 장인들이 사포를 폐허로 만들고 서라벌로 다가오고 있소. 대장군이 나서서 서라벌을 방위해야 하지 않소?"

---

*금입택: 통일 신라 시대, 경주에 있던 부자들의 커다란 집

"그렇다면 그곳의 장수를 처벌하면 되지 않습니까?"

대장군은 부하를 불러들여 이렇게 말했다.

"여봐라, 태화강 앞을 다스리는 현령과 장군에게 김 대사를 못 막으면 가문을 멸할 것이라 전해라."

"예, 대장군."

부하는 명을 전하러 별채를 나갔다.

"이러다 김 대사가 서라벌에 당도하면 어쩌려고 하시오?"

"고민해 봐야 머리만 아플 뿐이니 술에 취해 모든 것을 잊는 게 상책이라오."

대장군은 술잔을 들어 보였다.

며칠 후, 대각간은 집사성을 다시 소집하였다. 이번엔 더 많은 대신들이 불참하였다. 심지어 시랑도 보이지 않았다.

"나라 꼴 잘 돌아가는구나."

대각간은 화를 꾹 누르고 병사 하나를 불렀다.

"대장군의 집을 찾아가 김 대사를 막으라고 전해라."

병사는 대장군의 거처를 찾아갔다. 여전히 별채에서 연회가 벌어지고 있었다. 시랑도 고주망태가 되어 흐느적대고 있었다. 병사는 시랑과 대장군에게 대각간의 명을 전했다.

"대장군, 김 대사가 양주를 휩쓸고 서라벌 코앞까지 왔다고 합니다. 대각간께서 속히 그들을 막으라고 하셨습니다."

대장군은 또 부하를 불렀다.

"서라벌 성벽을 방위하는 장군에게 김 대사를 못 막으면 그를 처형하고 가문을 멸한다고 전해라."

그러자 부하가 머뭇거리며 답했다.

"그게 대장군이십니다."

"그래?"

"예. 지금이라도 대장군께서 나서서 김 대사를 물리쳐 주십시오! 감히 소인이 충언을 하였으니 제 목을 가져가셔도 할 말이 없습니다. 하지만 이대로 가다간 모두 장인의 밥이 될 것입니다!"

그동안 군말 없이 명을 따르던 부하가 목소리를 떨며 말했다. 대장군이 험악한 얼굴로 부하에게 다가갔다.

부하는 겁에 질려 무릎을 꿇고 고개를 숙였다. 대장군은 뜻밖에도 부하에게 술잔을 건넸다.

"받아라."

대장군은 실실 웃으며 말했다.

"어찌 이런 일에 목숨을 거느냐. 세상일은 내가 안 나서면 누군가는 하게 되어 있으니. 술이나 마시고 놀자꾸나."

김 대사는 승리를 만끽하기 위해 서라벌 성벽이 보이는 곳에 진지를 구축했다. 김 대사가 기거하는 천막은 진지 정중앙에 설치하고, 고이랑과 철불가가 있는 천막은 그 바로 옆에 두어 감시할 수 있게 했다.

고이랑은 사포항에서부터 줄곧 혼란스러웠다. 대각간이 누군지도 모른다는 그 말과 김 대사의 말을 번갈아 떠올렸다. 철불가의 말대로 고이랑이 믿어 왔던 김 대사가 거짓말을 했을 수도 있단 말인가. 이 전쟁은 옳은 일일까. 어째서 같은 신라군끼리 싸우고, 어째서 죄 없는 백성이 피를 흘려야 하는가.

아니다. 대사께서는 이 모든 것이 대각간의 부패로 인해 벌어진 것이라 하셨다. 대사에게 충성하기로 한 이상 그분의 뜻을 의심해서는 안 된다. 하지만…….

고이랑은 자꾸만 고개를 드는 의구심을 떨치려고 애썼다. 천막 기둥에 묶여 있던 철불가는 고이랑의 얼굴이 어두운 것을 보고 희망을 느꼈다. 고이랑의 내면에 변화가 생긴 게 틀림없었다. '슬기로운 포로 생활' 비기의 마지막 기술을 쓸 때였다.

철불가는 일부러 한숨을 크게 쉬었다.

"천하의 충신이자 백팔범법 철불가를 붙잡고자 목숨도 아끼지 않던 영웅호걸 고이랑이 어째서 김 대사의 앞잡이가 되었나? 세상 참 알 수 없구나."

고이랑이 발끈하였다.

"앞잡이라니? 그런 말은 대각간을 따르는 적군에게나 쓰는 말이오. 대사께서는 대의를 가지고……."

철불가가 코웃음을 치며 고이랑의 말을 잘랐다.

"대의라고? 높은 자리에 앉아 거들먹거리고자 수많은 사람을 전쟁터로 몰아넣는 김 대사에게 무슨 대의가 있는가?"

철불가는 느물느물 웃으며 말했다.

"자네가 그렇다면 그런 것이겠지. 하지만 내가 자네라면 김 대사에게 이렇게 물었을 거야. 정말로 백성들은 다치지 않는 전쟁이 맞냐고. 그렇다면 전쟁에서 터전을 잃은 백성을 구할 방도도 있느냐고. 물론 김 대사는 의로운 자이니 이에 대한 방도를 다 생각해 두었겠지. 안 그런가?"

"시끄럽소!"

고이랑이 단호하게 외쳤으나 칼자루를 쥔 손이 떨렸다.

'흥분하는 것을 보니 꽤나 고민했군.'

철불가는 쐐기를 박아야겠다고 생각했다.

"설마 자네. 의심하고 있나? 김 대사가 거짓말로 자네의 충심을 이용한 것일까, 그런 의심 말이야."

고이랑은 성난 걸음으로 천막을 나갔다.

저런 해적의 말은 대답할 가치도 없었다. 하지만 어째서 가슴이 이토록 무거운 것인가. 철불가가 한 말이 틀렸다고 제대로 가르쳐 주고 싶었다. 고이랑은 김 대사의 천막으로 갔다.

김 대사의 천막으로 향하는 길에 다친 병사들이 괴로워하는 모습이 보였다. 전쟁에서 승리한 자들도 이럴진대 저쪽 병사들은 얼마나 더 처참할까.

그런데 김 대사의 천막 안은 믿기지 않을 만큼 호화로웠다. 미감이 없는 고이랑이 보기에도 고급 비단으로 지은 이불, 외국에서 들여온 듯한 고급술, 무엇보다 얼마나 잘 먹었는지 기름이 번드르르한 김 대사의 얼굴까지. 이 천막에서 전쟁을 떠올리게 하는 건 김 대사가 입은 갑옷뿐이었다. 물론 그마저도 쓸데없이 휘황찬란하였지만. 그는 저 혼자 축하주를 마시고 있었다.

"고이랑, 보았느냐, 나의 저력을? 하하하. 신라를 손에 넣는 것이 숨 쉬는 것보다 간단하구나!"

"대사께 여쭐 것이 있습니다."

"무엇이냐? 이제 대각간을 쳐내기만 하면 신라는 나의 것이 된다. 그 다음엔 북부의 오랑캐들까지 정복할 것이다. 곧 다음 전략을 짜야 하니 짧게 말하거라."

"전쟁을 계속하실 생각이십니까?"

고이랑이 놀란 얼굴로 물었다.

"당연하지! 장인 부대만 있으면 나는 전쟁의 신이다. 오랑캐들은 물론이고 천축국(인도) 혹은 그 너머까지 손에 넣을 수 있을 것이다. 하하하!"

"간신배를 몰아내고 왕을 도와 나라를 바로 세우겠다고 하지 않으셨습니까. 게다가 백성들은 내버려둔다는 말씀은……."

"큰 뜻을 위해 작은 희생은 감수해야 하는 법."

"백성들이 입은 피해를 다 알고 계셨습니까!"

"대각간은 간신배이다. 그자를 따르는 병사들도 간신배이고 그자의 통치를 받는 백성도 마찬가지다. 이 겁도 없는 놈이 무엇을 안다고……."

김 대사의 얼굴이 붉으락푸르락하게 변했다.

"여봐라. 당장 이놈을 철불가 옆에 묶어 두어라!"

김 대사가 병사들에게 명했다.

고이랑은 큰 충격에 빠졌다. 그동안 이런 자인 줄도 모르고 그토록 충성을 다했다니. 교활한 해적 철불가가 한 말이 사실이었단 말인가. 고이랑은 저항할 힘도 나지 않았다. 그는 순순히 병사들에게 붙잡혀 끌려 나갔다.

"고이랑 네놈을 죽여 마땅하나, 난승 검법을 익힌 실력을 높이 사 살려 두는 것이니 감사히 여겨라."

김 대사는 갑갑했던 갑옷을 벗어 던졌다. 갑옷 아래 입었던 백룡피로 만든 철릭도 팽개쳤다.

"고이랑에게 철불가를 감시하라고 했더니만, 감히 내게 대들어? 잠깐, 혹시 그 철불가가 고이랑을 충동질한 것인가? 철불가라면 그러고도 충분하다. 그렇다면 철불가를 당장 죽여야……!"

김 대사가 입을 뗐다가 갑작스레 멈췄다.

"아니지. 아니지."

그동안 철불가를 죽이려고 할 때마다 놈은 미꾸라지처럼 빠져나갔다. 어차피 죽이지 못할 바엔 옆에 두는 게 상책이다. 게다가 철불가는 장인과 흑갑신병을 잘 안다. 놈을 죽이면 세상 후련하겠지만, 장인이 조종을 벗어나는 일이 발생한다면…….

김 대사를 고개를 가로저었다.

아직은 철불가를 살려 둬야 했다. 대각간을 죽이고 서라벌을 손에 얻는 날까지는.

7

소소생은 진설에게 합포 앞 돌섬으로 가 달라고 부탁했다. 천마는 노을이 지는 바다 위를 달려 돌섬에 도착했다.

"천마라고 하더니 정말로 하늘을 나는 말이었군요."

소소생은 수면에 비치는 제 모습을 보며 감탄했다. 천마는 소소생과 진설을 데려다주고는 하늘로 날아가 사라졌다.

"여기는 처음 보는 섬이군."

진설이 돌섬을 둘러보며 말했다. 돌섬 곳곳에 농작물과 이끼, 풀이 자라고 있었지만 사람이 살 법한 집은 보이지 않았다.

"소소생?"

작물을 가꾸던 바다선녀가 소소생을 발견하고 달려왔다.

"삼면총해적주께서 여기까지 웬일이야?"

바다선녀는 쓰고 있던 밀짚모자를 벗었다. 손등으로 이마에 송

글송글 맺힌 땀을 닦았다. 가무잡잡하게 그을린 피부에 장화를 신고 쟁기를 든 모습이 영락없는 농사꾼이었다.

바다선녀는 돌섬에서 스스로 먹고 살 만큼만 씨를 뿌리고 수확하며 지냈다. 집도 짓지 않고 나뭇잎을 이불 삼아 지냈다.

소소생은 반갑게 웃었다.

"이젠 바다선녀가 아니라 농사선녀라고 불러야겠어요!"

진설은 어안이 벙벙한 얼굴로 소소생을 쳐다보았다. 소소생이 그 악랄한 삼면총해적주라는 사실은 몇 번을 들어도 믿기지 않았다. 소소생은 진설에게 바다선녀를 소개했다.

"이쪽은 전직 전문가 바다선녀예요."

"전직 전문가?"

"예. 가난한 백성에서 원화로, 원화에서 해적으로, 해적에서 농부로. 총 세 번의 전직을 했거든요."

소소생이 말했다.

"오. 나한테도 방법 좀 전수해 주시오. 수문장에서 다른 직종으로 바꾸고 싶으니."

진설이 눈을 반짝이며 바다선녀에게 말했다.

"앗, 아직은 안 됩니다. 전쟁이 끝날 때까지는 수문장으로서 책임을 다하셔야죠."

소소생이 진설을 말렸다.

"안 그래도 전쟁 소식이 여기까지 들려오더군. 김 대사라는 놈이 장인 부대를 끌고 왔다며? 서라벌 코앞까지 갔다던데?"

바다선녀가 말했다.

"벌써 서라벌까지? 예상보다 빠르군."

진설은 바다선녀가 전해 준 소식에 깜짝 놀랐다. 천마를 타고 달려오느라 그사이 벌어진 일은 듣지 못했다.

"그나마 다행은 그 인간이 고이랑을 가두는 바람에 김 대사의 병사들이 사기가 떨어졌다는 거야."

바다선녀가 어깨를 으쓱했다.

"김 대사가 고이랑을 가뒀단 말이오?"

진설이 물었다.

"그렇소. 고이랑은 내가 원화였던 시절에도 난승 검법의 일인자로 명성이 자자했소. 병사들 사이에 신망도 두터웠지. 모르긴 몰라도 김 대사를 따르는 자들보다 고이랑을 따르는 자들이 많았을 거요. 그런 자를 가뒀으니 김 대사 측 병사들이 대거 이탈해 버렸고, 서라벌 성벽에서 생각보다 김 대사와 장인 부대가 고전을 하고 있다 들었소."

"전쟁 중에 고이랑을 가둔다는 건, 다 된 밥에 재를 뿌리는 짓인데. 정말로 그런 짓을 했다고? 김 대사가? 왜?"

진설은 고개를 갸웃거렸다.

"그쪽엔 한평생 재 뿌리는 일만 하는 화상이 있거든요."

소소생은 놀랍지도 않다는 듯 고개를 절레절레 저었다.

"그렇게 비열하고 밉살맞은 자가 있다고?"

진설은 믿을 수 없어 되물었다.

"아무튼 우리한텐 지금이 기회예요. 이 틈에 금저를 깨워요."

소소생이 말했다.

"금저를?"

바다선녀가 묻자 소소생은 단호한 얼굴로 답했다.

"네. 괴물을 이길 수 있는 방법은 괴물뿐이니까요."

"삼면총해적주의 뜻이 그러하다면."

바다선녀는 따라오라고 고갯짓했다.

돌섬 안쪽으로 얼마간 걸었더니 지름이 아이 키 정도 되는 구덩이가 보였다.

"여기가 금저의 귀야. 농사를 짓다 노동요를 흥얼거렸더니 숨소리가 부드럽게 들려오기에 발견했지. 깊이 잠들었다 해도 소리는 들을 수 있는 것 같아."

소소생은 두 손을 입에 대고 구덩이를 향해 힘껏 외쳤다.

"금저야, 지금 신라가 위험에 빠졌어! 네가 잠든 이 땅을 위해 한 번만 도와줘!"

구덩이에서 소소생의 목소리가 메아리가 되어 울리다가 멀어졌다. 금저가 일어나길 기다렸지만 아무 일도 일어나지 않았다.

"안 들렸나?"

소소생이 고개를 갸웃거리자 바다선녀가 말했다.

"그렇게 해서 깰 리가 있나? 반말을 하면 어떡해?"

"아하."

소소생은 다시 외쳤다.

"금저님! 지금 신라가 위험에 빠졌습니다! 금저님께서 잠드신 이 땅을 위해 한 번만 도와주십시오!"

이번에도 아무 변화가 없었다.

"네가 전에 한 이상한 덕담 때문에 빈정 상한 거 아닐까?"

바다선녀가 말했다.

"아니에요! 금저는 제 덕담을 좋아했다고요… 아마도요……."

소소생은 억울하다는 듯 말했지만 자신 없는지 말끝을 흐렸다.

잠자코 보고 있던 진설이 한심하다는 얼굴로 고개를 저었다.

"맨입으로 부탁하니 그렇지. 사례를 넉넉히 준다고 해 봐."

소소생은 다시 구덩이를 향해 힘껏 외쳤다.

"금저님, 지금 신라가 위험에 빠졌습니다! 한 번만 도와주시면 금저님께서 좋아하시는 산나물을 얼마든지 바치겠습니다!"

여전히 반응이 없자 소소생과 바다선녀, 진설은 머리를 맞대고 구덩이를 들여다보았다. 세 사람은 구덩이에 대고 고기를 주겠다. 쌀을 주겠다. 보물을 주겠다. 목이 터져라 외쳤다.

밤이 될 때까지 외쳐도 아무런 반응이 없자 진설과 바다선녀는 털썩 주저앉았다. 두 사람은 구덩이 옆에 나뭇잎을 모아 푹신하게 만든 뒤 잠을 청했다. 소소생만은 포기하지 않고 밤새 외쳤다. 목소리가 갈라져서 소리가 나오지 않자 소곤거리기까지 했다.

"금저야, 금저님, 뭐라고 불러야 할지 모르겠다. 네가 잠든 사이에 많은 일이 벌어졌어. 김 대사가 말도 안 되는 이유로 전쟁을 시작했거든."

소소생은 친구에게 말하듯 금저에게 그동안 일어난 일을 이야기했다. 고래눈에게 지휘봉을 주었는데 자신에게 마음이 있는 건지 없는 건지 모르겠다는 이야기까지 했다.

"저런 이야기까지 할 필요가 있는 거요?"

잠을 청하던 진설이 바다선녀에게 물었다.

"그래서 믿을 수 있지요. 재미없는 덕담을 하고 아무 말이나 늘어놓는 것 같지만 전부 진심이거든요. 사람을 대함에 거짓이 없으니 천하의 몹쓸 철불가도 소소생만은 믿는답니다."

진설은 바다선녀의 말에 소소생을 쳐다보았다.

소소생은 여전히 구덩이에 대고 소근거리고 있었다.

"내가 새로 지은 덕담이 있는데 고래눈에게 들려주면 좋아할까? 들어 볼래? 병졸 하나가 장군에게 허겁지겁 달려와 말했습니다. '장군! 괴물이 오고 있습니다!' 그러자 장군이 물었습니다. '어떤 괴물이냐?' 병졸이 답했습니다. '사람을 닥치는 대로 죽이다가 지쳐야 멈추는 놈입니다.' 장군이 물었습니다. '그 괴물의 이름이 무엇이냐' 병졸이 말했습니다. '전쟁입니다.'"

소소생은 방금 지은 덕담이 마음에 쏙 들었다. 뿌듯한 얼굴로 구덩이에게 물었다.

"어떠냐, 내 덕담이? 꽤 쓸 만하지?"

서라벌의 아침은 언제나 아름다웠다. 황금으로 지은 금입택에 햇빛이 내려앉을 때마다 반짝반짝 눈이 부셨다. 지붕의 황금빛이 반사되어 거리 전체가 금가루를 뿌린 것 같았다.

갑작스레 엄청난 지진과 함께 커다란 굉음이 들렸다. 장인 부대가 궁궐을 향해 걸어왔다.

귀족들은 탄식했다.

"그 많은 신라의 장군들은 다 어디에 있단 말인가. 저들을 누가 막느냔 말이다!"

장군들은 월성 안에 모여 있었다. 반달 모양의 월성은 남쪽에 있는 절벽을 활용해 동쪽과 서쪽, 북쪽에 흙과 돌을 쌓아 만들었는데 성벽 밑에는 물이 흐르는 해자가 있어 적의 침입을 막을 수 있었다. 장군들은 해자와 성벽이 장인을 얼마간 막아 주리라 기대하며 회의를 열었다.

"김 대사가 장인 부대를 끌고 궁으로 오고 있습니다."

"사포를 막지 못한 박 한찬의 책임이오."

"그는 이미 죽었으니 명주왕을 처형해야 하오."

"전주의 장군도 문제가 있소."

"무주도 포함시킵시다."

"모든 장군을 숙청하고 새 장군을 세웁시다."

장군들은 누가 더 한심한지 대결하는 것처럼 헛소리를 늘어놓았다. 이들은 명망 높은 진골 가문 출신의 장군들로 누구를 없애고 그 자리를 차지할까 궁리하기 바빴다.

그들의 속내는 이러했다. 이 전쟁에서 김 대사를 막으면 병사를 많이 가진 장군이 포상을 차지하기에 유리할 것이다. 그러니 최대한 싸우지 않고 버텨야 했다. 만약 김 대사를 막지 못한다면 김 대사와 싸웠던 장군은 보복을 당할 터. 그러니 이기든 지든 김 대사와 싸우지 않고 병력을 아끼는 게 이득일 것이었다.

장군들이 탁상공론을 벌일 때 창문을 뚫고 대장군의 잘린 머리가 날아왔다.

"무, 무슨 일이냐!"

장군 하나가 밖에 대고 물었다. 대답해 줄 병사는 아무도 없었다. 이미 장인에게 죽임을 당했거나 달아났기 때문이었다.

장인의 괴성이 가까이서 들렸다. 장군들은 칼을 꺼내 들고 밖으로 나갔다.

갈고리 손톱을 가진 장인이 대장군의 몸을 갈기갈기 찢어 던지고 있었다. 피와 살점이 후두둑 떨어졌다.

"보았느냐! 대장군은 대각간의 앞잡이가 되어 신라를 타락으로 물들였으니 내가 벌을 내렸다!"

김 대사의 목소리가 하늘에서 들렸다. 장군들이 고개를 들어 성벽 밖을 올려다보았다.

"저, 저게 대체 뭐요?"

장군들은 장인과 김 대사를 보고 입을 다물지 못했다.

김 대사는 우두머리 장인의 오른쪽 어깨에 금으로 치장해 만든 가마에 타고 있었다. 상석에는 김 대사가 앉아 있었고 그의 뒤에 철불가와 고이랑이 쇠사슬에 묶인 채 무릎을 꿇고 있었다. 김 대사의 자리에는 관처럼 기다란 나팔이 있었는데 나팔의 끝이 우두머리 장인의 귀를 향하고 있었다.

김 대사가 장군들에게 외쳤다.

"대각간과 네놈들을 모조리 쓸어 내고 내가 왕을 보필하여 새로운 신라를 만들 것이다!"

뒤에서 보고 있던 철불가가 말했다.

"고이랑, 저게 김 대사의 실체야. 김 대사는 자기 권력에만 관심이 지대하다니까."

"으악!"

고이랑은 철불가를 쳐다보았다가 소리를 질렀다.

"거. 좀! 제발 수염 좀 깎으시오."

대충 살아도 초절정 미모를 자랑했던 철불가였으나 고된 포로 생활에도 용모를 가꾸기는 어려웠다. 그 바람에 수염이 덥수룩하게 자라 얼굴의 절반을 덮어 버렸다. 철불가는 무인도에 갇혀 오랜 세월 혼자 살다가 인간의 언어를 잊은 사람처럼 보였다.

"후후. 손이 묶여 있어 수염을 깎는 게 힘들다오."

철불가는 쇠사슬로 묶인 두 손을 흔들어 보였다.

"김 대사는 왕까지 해치면 역모로 몰릴 테니 대각간을 노리는 게야. 왕을 허수아비로 세우고 권력과 재물을 얻으려고 말이지."

고이랑은 아무 말도 하지 않았다.

김 대사는 망 투구를 쓴 뒤 나팔에 대고 외쳤다.

"가라! 흑갑신병이여!"

나팔의 입구에 붙어 있던 흑갑신병들이 관을 따라 우두머리 장인의 귀로 들어갔다.

크아아아악. 우두머리 장인은 몸부림을 치며 월성 앞 해자를 짓밟았다. 사람이 들어가면 빠져 죽을 만한 크기였지만 장인에게 작은 물웅덩이로 보였다. 우두머리 장인은 주먹을 성벽에 내리꽂았다. 몇 차례 주먹질을 하자 성벽이 와르르 무너졌다.

월성 안에서 우두머리 장인에게 바위가 날아왔다. 월성을 지키던 병사들이 포차로 바위를 날린 것이었다. 우두머리 장인은 날아오는 바위를 손으로 낚아채 그대로 던졌다.

우두머리 장인이 가슴을 쿵쿵 치며 소리를 질렀다. 둔탁한 울림이 공기를 뒤흔들자, 우두머리 장인의 목에 구슬처럼 달려 있던 흑갑신병이 잠에서 깨어난 듯 꿈틀거렸다. 웅크린 몸을 펼친 흑갑신병들은 허공으로 솟아오르더니 월성 안으로 떼를 지어 날아갔다.

흑갑신병은 장군들에게 날아가 갑옷 틈과 살갗 사이로 파고들었다. 장군들은 눈과 귀에서 검붉은 피를 뿜으며 하나둘 쓰러졌다.

월성의 정원과 연못에 살던 신비로운 동물도 장인의 등장에 무너진 담을 넘어 달아났다. 새들은 하늘로 날아가 버렸고 정원에서 살던 수괴는 산으로 달아났다.

"대각간은 어디에 있느냐?"

김 대사가 소리쳤다. 살아남은 장군이 잽싸게 월성에 있는 회랑을 가리켰다.

"대각간은 저기에 숨어 있……."

말이 끝나기도 전에 우두머리 장인이 장군을 움켜쥐고 뼈를 으스러트렸다. 우두머리 장인은 장군을 아무렇게나 던져 버리고 김 대사가 명하는 대로 대각간이 있는 회랑으로 향했다. 그때 뒤에서 황금 덩어리가 달려와 우두머리 장인을 들이받았다.

금저였다.

8

우두머리 장인이 갑작스러운 공격에 비틀거렸다. 그 바람에 어깨의 가마에 있던 김 대사가 철불가 쪽으로 굴러왔다.

"으힉, 저리 가!"

철불가는 자신을 덮친 김 대사를 온몸으로 밀어냈다. 김 대사는 뒤뚱뒤뚱 일어나 철불가의 멱살을 잡고 흔들었다.

"저것은 무엇이냐?"

"금저다! 이 뚱땡아!"

금저의 등에 타고 있던 바다선녀가 외쳤다. 철불가는 익숙한 목소리에 금저를 내려다보았다. 바다선녀 뒤에 탄 소소생과 모르는 여자도 보였다.

어젯밤까지만 해도 소소생이 목이 터져라 불러도 금저는 꿈쩍하지 않았다. 그런데 아침이 되어 세 사람이 그만 포기하려고 할

때, 섬이 흔들리고 땅이 솟아나기 시작했다. 잠들어 있던 금저가 깨어난 것이었다.

소소생은 자신의 덕담에 감명을 받아 금저가 깨어났다고 주장했고, 진설과 바다선녀는 금저가 화가 나서 깨어난 것이라 생각했다. 어쨌거나 소소생이 한 덕담이 공을 세운 것은 사실이었다.

그렇게 금저는 세 사람을 등에 태우고 서라벌까지 단숨에 달려왔다.

철불가가 활짝 웃으며 소리쳤다.

"소소생! 날 구하러 왔구나!"

철불가의 수북한 수염 사이로 하얗고 가지런한 이빨이 도드라졌다. 얼마나 수염이 자랐는지 철불가의 자랑이던 얼굴의 절반이 덩굴 같은 수염에 가려져 있었다.

소소생은 무인도에 갇혔다가 탈출한 듯한 몰골에 철불가를 알아보지 못하고 물었다.

"저기, 누구세요?"

"녀석. 나다, 나. 널 업어키운 사람!"

철불가는 감격에 눈가가 촉촉해진 채 웃었다.

"설마……?"

소소생은 수염의 주인공이 누구인지 보려고 눈을 찌푸렸다가 철불가를 알아보고 입을 떡 벌렸다.

바다선녀도 경악을 금치 못했다.

"세상에. 저 인간 어쩌다 저렇게 된 거야? 유일한 장점이 반반한 얼굴이었는데. 이젠 저 인간에게서 장점은 털 한 터럭만큼도 찾을 수가 없잖아."

"저 털북숭이는 누구요?"

진설이 물었다.

"들어 봤을 겁니다. 구주제일마귀라고 불리는데 원래 불리던 이름은 철불가사리. 줄여서 철불가라고 하지요."

바다선녀가 질색하는 표정으로 말했다.

진설도 익히 들어 알고 있었다. 신라 역사상 가장 악랄하고 비열한 해적이자 가장 잘생긴 해적이라 알려진 철불가. 그런데 저 털북숭이 거렁뱅이가 철불가라고?

진설은 철불가와 소소생을 번갈아 보았다.

"이게 무슨 조합인지……?"

진설은 잠시 할 말을 잃었다.

그사이 금저에게 받혔던 우두머리 장인이 일어나 짐승 같은 포효를 질렀다. 진설은 지금이 마지막 기회 같아 마음이 급해졌다.

"네가 금저를 타고 장인을 막아라. 나는 바다선녀와 가서 병사들을 지휘하겠다."

진설은 금저의 등에서 뛰어내리며 소소생에게 말했다. 소소생이 뭐라 대답하기도 전에 진설은 포차진을 향해 달려갔다.

"금저와 함께 삼면총해적주의 힘을 보여 줘."

바다선녀도 소소생의 어깨를 두드리고는 진설을 따라갔다.

그 모습을 언덕 위에서 지켜보던 김 대사가 눈을 번뜩이며 중얼거렸다.

"저놈이 금저로구나! 저녁노을보다 샛노란 황금색이로군. 매끈한 광택이며 색까지. 어디서도 본 적 없는 최고급 순금이야."

김 대사는 침을 꼴깍 삼켰다.

살아 움직이는 황금 괴물, 저 금저를 손에 넣는다면 저놈의 가죽을 둘러 궁궐보다 화려한 저택을 지으리라. 꼴 보기 싫은 대각간의 집을 밀어 버리고, 그 터를 차지해야지.

그리 생각하니 금저를 당장 갖고 싶어서 안달이 났다.

"금저를 잡아라!"

김 대사가 나팔을 입에 대고 고래고래 소리쳤다. 비처럼 쏟아지는 침방울과 김 대사의 목소리가 나팔을 타고 장인의 귀에 메아리쳤다.

장인의 귓구멍 깊숙이 들어간 흑갑신병들은 더욱 안쪽으로 파고들었다.

크으으윽.

우두머리 장인은 괴로워서 손으로 두 귀를 막으며 신음했다. 우두머리 장인의 눈알이 제멋대로 뒤로 넘어갔다가 되돌아왔다. 입가에는 거품 섞인 침이 질질 흘렀고, 제정신이 아닌 짐승처럼 온몸이 떨렸다.

우두머리 장인은 이내 목이 찢어질 듯 포효했다. 그러고는 땅을 쿵쿵 울리며 거칠게 금저에게 돌진했다.

크아아아아
쿵
쿵
쿵
쿵
곰저!
피해!
파앗
철억
으아아아아아아악
휙
방글
쿵
휙
쿵
쿵
방글

비틀
비틀
우웅
슈
두두두두두두두두
바다선녀!!
투두두두두둑
석포요!
석포!!

장전!
두
둥
발사!
텅!
텅.
파슛
퍽
크아아아악
퍽
퍽
퍽
퍽
퍽

으아아아아아

"장인이 쓰러졌다!"

진설이 희망에 들뜬 얼굴로 주먹을 쥐었다.

병사들도 기쁨의 환호를 내질렀다.

"이길 수 있어!"

금저는 기세를 몰아 독 안개를 피우기 시작했다.

"모두 코를 막아요!"

소소생이 외쳤다.

소소생은 바다선녀가 미리 주었던 꽃사슴 가죽으로 만든 입마개를 썼다. 바다선녀와 진설도 꽃사슴 가죽 입마개를 썼다. 두 사람은 준비해 온 입마개를 병사들에게 나눠 주었다.

하얀 안개가 삽시간에 김 대사의 시야를 가렸다.

"고이랑! 숨 쉬지 마시오! 천으로 코를 막으시오!"

철불가는 수북한 수염을 입마개 삼아 코와 입을 막았다. 고이랑은 철불가가 시키는 대로 옷을 찢어 코와 입을 막았다.

"이건 뭐요?"

"독 안개요. 이걸 마시면 무시무시한 환상에 빠지지. 고이랑, 이 틈에 함께 달아납시다."

철불가는 고이랑을 회유했다. 그러나 김 대사가 달려와 철불가의 뒷덜미를 잡았다.

"네놈은 전쟁이 끝날 때 죽일 테다! 잠자코 있어!"

김 대사는 철불가와 고이랑이 하는 것을 보고 소매로 코와 입을 막은 터였다. 그는 철불가의 멱살을 잡고 물었다.

"독 안개를 막을 수 있는 방법은 무어냐?"

"꽃사슴 가죽이요. 그 가죽으로 만든 입마개가 있어야 독 안개를 막을 수 있소."

철불가가 말했다.

"젠장! 지금 꽃사슴 가죽을 어디서 구하란 거야?"

김 대사가 철불가를 바닥에 내동댕이쳤다.

장인들은 독 안개에 취해 느릿느릿 움직였다. 흑갑신병도 움직임이 느려지더니 얼어붙은 듯 허공에 멈춰 버렸다.

"효과가 있는 건가?"

소소생과 금저는 독 안개 너머를 노려보았다. 장인이 내지르는 괴성만 들려왔다.

금저의 독 안개가 장인이나 흑갑신병에게 어떤 영향을 줄지 예측이 되지 않았으나 장인들이 잠잠한 걸 보니 환상에 빠져 공격을 멈춘 것 같았다.

"이것들아! 빨리 앞으로 가! 움직이라고!"

김 대사는 장인의 어깨에서 안개로 뒤덮인 주변을 연신 두리번거렸다.

"김 대사, 네놈이 나를 죽였으니 나도 네놈을 지옥으로 끌고 가겠다."

박 한찬의 목소리였다. 목소리가 들린 곳을 바라보자 안개가 박 한찬의 형상으로 뭉쳐졌다.

"박 한찬? 아니야. 그럴 리 없다. 이건 환각이야!"

김 대사는 고개를 힘껏 가로저었다. 손으로 코와 입을 틀어막고 이 상황을 빠져나갈 방법을 끊임없이 궁리했다. 제 목숨이 위험할 때만 비상해지는 김 대사의 머리는 그 순간 엄청난 정신력으로 백룡피를 떠올렸다. 꽃사슴 가죽으로 독 안개를 막을 수 있다면 더욱 강한 괴물인 백룡 가죽으로도 막을 수 있지 않을까.

김 대사는 체면도 잊고 갑옷을 다 벗어 던져 버리고 백룡피 철릭을 머리에 둘렀다. 예상은 적중했다. 백룡피가 독 안개를 완벽하게 차단해 주었다.

그제야 김 대사는 전황을 둘러볼 여유가 생겼다. 몸집이 커서 중독에도 오래 걸리는지 장인들의 움직임이 느려지기만 하는 것으로 보아 아직 독 안개가 깊숙이 퍼지지 않은 것 같았다. 독 안개에 완전히 중독됐다면 자신처럼 환각에 빠졌을 테니.

'그렇다면 독 안개를 멀리 날려 버리면 되는 것 아닌가?'

김 대사의 머리가 또 한 번 비상하게 돌아갔다.

김 대사는 나팔에 대고 소리쳤다.

"바람을 일으켜서 독 안개를 흩트려라!"

다행히 아직 명령을 들을 정도의 정신이 있는지 우두머리 장인은 앞에 있던 집채만 한 고목을 뿌리째 뽑았다. 부채질하듯이 나무를 부웅부웅 휘두르자 강한 바람이 일면서 하얀 독 안개가 흩어졌다. 독 안개가 완전히 사라지자 장인들이 하나둘 정신을 차리기 시작했다.

김 대사는 얼굴에 두른 백룡피 철릭을 벗고 외쳤다.

"하하하! 잔머리 써 봤자다! 네놈들은 여기서 전멸이다!"

장인들은 다시 월성에 다가가기 시작했고, 흑갑신병들은 금저에게 달려들었다.

"안 돼! 저리 가!"

소소생은 흑갑신병을 쫓아내려고 손과 발을 휘둘렀다. 문득 소소생은 주위를 둘러보았다.

장인들이 월성으로 향하고 있었다. 가는 길에 있는 모든 것을 짓밟았고, 기다란 손톱으로 병사들을 베었다. 월성에 있는 연못은 병사들의 피로 넘쳐흘렀다.

포차진은 진작 무너졌고 석포도 부서졌다. 마지막까지 바위를 날리던 바다선녀는 장인의 공격을 피하느라 급히 몸을 숨겼다. 진설이 지휘하던 쇠뇌 부대도 화살이 떨어져 후퇴하고 있었다.

소소생은 고개를 떨궜다. 장인을 이길 마지막 방법이라고 생각했던 금저마저 통하지 않다니, 더는 방법이 없다는 생각에 무력감이 가슴을 짓누르는 것 같았다.

"미안해. 금저야. 네가 도와줬는데 이제 다 끝났나 봐."

철불가라면, 마지막에 마지막까지 포기하지 않는 철불가라면. 무슨 방법을 찾아낼 수 있었을까.

"소소생!"

그때 진설이 소소생에게 다급히 달려왔다.

"행색이 이상한 자가 널 찾아왔다. 김 대사가 보낸 첩자거나 미친 자 같아서 막았더니 이게 징표라더군."

진설이 보여 준 것은 삼면총해적주 지휘봉이었다.

소소생은 손잡이의 금이 간 곳에 점토를 덧대 말끔하게 고쳐 놓은 지휘봉을 보자 울컥 눈물이 고였다. 지금 상황도 고칠 수 있다는 희망 같았다.

"그자가 어디에 있습니까?"

"무너진 성벽 앞에 있다."

소소생은 진설이 가리킨 곳을 향해 금저를 타고 달렸다. 소소생이 치켜든 지휘봉에서 청아한 고래 풍탁 소리가 울렸다. 전쟁터 곳곳에서 해적들이 튀어나왔다. 적굴암에서 소소생을 받들던 해적

들이었다. 해적에서 농부가 된 은산호와 마귀침, 털보와 백적계 부하들이 저마다 곡괭이와 낫을 손에 들었다.

"장보고는 개밥과 같고!"

이 말이 이렇게 반가운 적은 처음이었다. 소소생의 손끝에서부터 울리는 고래 풍탁 소리가 전장을 뒤흔들었다.

"그 자식들도 개같이 생겼다!"

"와아아아!"

해적들이 함성을 지르며 장인에게 달려갔다.

"소소생!"

거렁뱅이로 변장한 고래눈이 소소생에게 달려왔다. 고래눈은 등에 커다란 광주리를 메고 있었다. 소소생도 고래눈을 발견하고 금저의 등에서 뛰어내렸다.

"고래눈!"

"소소생! 잘 지냈느냐!"

고래눈은 누더기 옷을 벗고 가짜 수염을 떼며 물었다.

"지휘봉으로 너를 따르던 자들을 데려왔다. 이제는 해적이 아니지만 너를 우러르는 마음은 여전하더군. 네가 전쟁터에 있을 거라고 했더니 다들 망설임 없이 나섰다."

장군들은 해적들이 나타나자 얼굴을 붉히며 소리쳤다.

"해적들이다! 저놈들부터 잡아라!"

장인들에게서 도망치던 병사들은 갑자기 해적을 잡으라고 하니 어찌 해야 할지 몰라 우왕좌왕했다.

"장군, 눈앞에서 괴물들이 목숨을 노리는데 이젠 해적까지 잡으라 하시니 저희들 몸이 세 개여도 부족합니다."

"시끄럽다. 따르지 않으면 목을 칠 것이다!"

장군들이 눈을 부라리자 병사들은 마지못해 해적들을 에워쌌다. 그 순간에도 병사들을 향해 장인의 주먹과 발이 날아들었다.

"지금 우리의 적은 누구입니까?"

소소생이 소리를 높여 외쳤다. 일순간 전쟁터가 고요해졌다.

"우리의 적은 해적도, 신라 병사들도 아닙니다. 우리의 적은 저기 김 대사입니다. 우리들의 땅을 짓밟고, 집을 무너뜨리고, 동료들을 해친 김 대사 말입니다!"

고래눈이 소소생의 곁에 서며 소리쳤다.

"화랑들의 세속오계든 해적들의 해적오계든, 살고 싶다는 마음만은 같습니다. 그러니 다 같이 힘을 합쳐 싸웁시다."

"나 사포의 수문장 진설도 힘을 보태겠소."

"나 바다선녀도 삼면총해적주의 뜻을 따라 신라군과 나란히 서서 싸울 것이오."

진설과 바다선녀도 차례로 소소생의 곁에 가 섰다.

"나, 나는 저들 말이 맞는 것 같소."

병사 하나가 눈치를 보며 말했다. 소소생이 갑옷을 바꿔 주었던 노병이었다. 병사들도 하나둘 무기를 장인 쪽으로 돌렸다.

"저것들이 감히! 지금 반역을 하는……!"

장군 하나가 소소생의 목을 치려고 하자 범이가 바람처럼 달려들어 장군의 칼을 쳐 냈다.

"제 목도 못 지키는 인간이 누구한테 명령이야?"

"병사들이 선수 치게 둘 순 없지. 우리가 먼저 공격한다!"

마귀침과 은산호가 소리쳤다. 이에 해적들은 함성을 지르며 장인 부대에게 돌격했다.

"우리도 질 수 없다! 공격이다!"

이를 본 병사들도 해적들의 곁으로 달려갔다.

범이가 장동을 데리고 소소생에게 달려왔다.

"시간이 없어. 이걸로 김 대사를 막아야 해."

범이의 눈짓에 장동이 주먹을 펴서 손에 쥔 것을 보여 주었다.

구슬처럼 생긴 하얀 알약이었다.

소소생이 킁킁 냄새를 맡아 보니 익숙한 탄내가 났다.

"이건 설마?"

장동이 고개를 끄덕였다.

"지귀를 만드는 약이오."

"넌 모를 거야. 이걸 찾으려고 우리가 무슨 짓을 했는지."

범이가 퍼렇게 질린 얼굴로 지난 며칠간을 떠올렸다. 조개무지에서 범이는 장동에게 이렇게 물었다.

"손톱이요? 시꺼먼 때가 껴서 더러울 텐데. 그걸 꼭 찾아야 합니까? 다른 건 안 됩니까?"

"시체의 뼛조각을 찾는 것보단 낫지 않소. 원래는 지귀의 뼛조각

이 있어야 약을 만들 수 있지만 그게 없으니 손톱과 발톱이라도 넣어 보려는 거요."

장동이 말했다.

"발견한 것이 지귀의 손톱인지는 어찌 안답니까?"

"지귀가 뿜는 특유의 불 향이 있을 거요."

"맙소사. 그 자식의 더러운 손발톱을 찾아서 냄새까지 맡아야 한다고요?"

범이는 연신 헛구역질을 참다가 마침내 소소생의 엄지발톱 조각을 찾아냈다. 장동은 그것을 졸이고 달여서 약을 만들었다.

범이는 그때 생각을 떠올리는 것만으로도 속이 안 좋은지 입을 틀어막았다.

"소소생, 너 손발 깨끗하게 씻어라. 손톱 발톱에 때 안 끼게."

"왜 저래."

소소생은 범이를 노려보고는 고래눈에게 물었다.

"지귀 약으로 김 대사를 막을 수 있는 겁니까?"

"그래. 거기에 더해 이것도 필요하지."

고래눈은 등에 지고 있는 광주리를 내렸다.

"일단 소소생은 한 번 지귀에서 인간이 되었으니 다시는 지귀가 될 수 없을 거요."

"그럼 누구에게 먹여야 한단 말입니까?"

장동이 말했다.

"자네만큼 지귀를 잘 알고 힘을 잘 쓸 수 있는 사람."

9

소소생은 머리에 이름 세 글자를 떠올렸다.

한평생 다 된 밥에 재 뿌리기에 진심이었던 자.

꼴도 보기 싫은 자의 이름을.

"철불가한테 지귀 약을 먹이라고요? 안 돼요! 범이가 먹는 게 낫지 않을까요?"

소소생은 질색했다.

"네가 지귀였을 때 능력을 다루는 걸 옆에서 본 게 철불가잖아. 내가 어떤 수모를 당하면서 만든 약인지 알아?"

범이는 뒤끝이 상당했다.

고래눈이 소소생의 어깨를 다독였다.

"김 대사를 유인할 테니 기회를 봐서 그걸 철불가에게 주어라. 철불가 말고는 이 일에 적합한 이가 없다."

"알겠습니다."

소소생은 언제 그랬냐는 듯 강아지 같은 얼굴이 되어서 고래눈을 보았다. 범이가 주먹을 불끈 쥐고 노려보았지만 소소생은 모른 체했다.

"지귀가 됐을 때 불을 어떻게 피우는지 아십니까? 굉장히 설레는 것을 생각해야 불을 뿜어낼 수 있습니다. 그래서 저는 항상……고래눈을 생각하……."

"피해!"

범이가 소소생을 밀어냈다. 쿠우웅 소소생이 있던 자리에 우두머리 장인의 발바닥이 박혔다.

"평생의 원수들이 죽이기 좋게 한자리에 모였구나. 하하하."

김 대사가 장인의 어깨에서 소리쳤다.

"철불가!"

소소생은 김 대사 뒤에 잡혀 있는 철불가를 보며 소리쳤다.

"지귀!"

소소생이 알약을 높이 치켜들자 철불가는 단번에 알아듣고 고개를 끄덕였다.

철불가는 소소생, 고래눈, 범이, 장동이 모여 있는 모습을 보자마자 소소생의 부름에서 '지귀를 먹고 불을 뿜어서 장인과 싸워라.'라는 의미를 찰떡처럼 알아들었다.

철불가는 고이랑에게 눈빛을 보냈다. 고이랑은 못 본 척하더니 철불가가 쇠사슬에서 빠져나갈 수 있도록 몸을 틀었다. 그러자 철불가를 묶은 쇠사슬에 틈이 생겼고 철불가는 미꾸라지처럼 몸을 이리저리 틀어서 쇠사슬을 빠져나왔다.

자유의 몸이 된 철불가는 가마에서 뛰어내렸다.

"안 돼!"

김 대사가 철불가를 잡으려고 하다가 고이랑의 발에 걸려 넘어졌다.

"뭐 하는 거야! 일부러 그러는 거냐?"

"아닙니다, 대사."

"젠장, 저놈 당장 잡아!"

한편, 가마에서 탈출한 철불가는 장인의 팔로 굴러떨어졌다.

"으아아악!"

철불가는 장인의 팔에 난 털, 다리에 난 털에 일일이 부딪히며 추락했다. 장인의 털은 억세서 쇠꼬챙이처럼 단단했다. 철불가는 털에 부딪힐 때마다 쇠로 만든 채찍으로 맞는 것처럼 아팠다.

요란한 소리를 내며 철불가가 떨어지자 소소생이 달려왔다.

"철불가!"

소소생이 다시 한 번 철불가의 이름을 부르며 있는 힘껏 알약을 던졌다. 알약이 유유히 공중을 날았다.

철불가는 마치 시간이 느리게 흐르는 듯 천천히 다가오는 알약을 바라보며 자신의 이름을 짓게 된 계기를 떠올렸다. 몸이 잘려도 새로 살이 돋아나는 불가사리처럼 절대 죽지 않는다는 뜻, 철불가사리. 줄여서 철불가! '빠'와 '까'를 모두 미치게 하는 남자다!

장인이 판을 치고, 흑갑신병이 사람들을 속에서부터 파먹으니 눈앞에 지옥문이 열린 듯하지만 살려고 발악하면 어떻게든 살아날 구멍이 생기노니! 저것이 나의 살길.

'저것만 먹으면 나도 지귀가 되어, 인생역전!'

톡. 토독. 알약은 민망할 정도로 힘없이 땅으로 떨어졌다.

"앗. 이, 이게 아닌데."

알약을 받아 먹으려고 입을 벌리고 있던 철불가의 입이 허무하게 텁 닫혔다.

소소생은 당황해서 알약을 주으려고 했으나 곧이어 장인의 손아귀가 소소생을 노렸다. 소소생은 가까스로 몸을 굴려 피했다.

"이익! 소소생! 너야말로 '빠'와 '까'를 모두 미치게 하는구나!"

철불가도 알약이 떨어진 곳과 꽤 멀었다. 철불가는 반짝 하고 빛나는 알약을 향해 몸을 굴렸다. 알약은 장인의 발 구르기에 날아가고 병사들 발에 치여 전쟁터를 이리저리 굴러다녔다. 철불가도 몸을 굴리고 바닥을 기어서 끈질기게 알약을 쫓았다.

장인들은 대각간이 있는 회랑의 지붕을 들어서 던져 버리고 긴 복도를 발로 밟아 무너뜨렸다. 최정예 병사들이 대각간을 호위했지만 장인의 난폭한 주먹질을 당해 내지 못했다.

그러는 동안 철불가는 혼신의 힘을 다해 알약을 붙잡는 데 성공했다. 흙을 떨어낼 정신도 없이 한입에 꿀꺽 삼켰다. 그러자 독한 술처럼 뜨거운 기운이 목구멍을 타고 내려가 배 안에서부터 소용돌이치며 온몸으로 퍼지는 것이 느껴졌다.

으아하하하 이거다!
지거의
헙!!
간다아앗
으악!?
야
피시시...
끄어어...

"으하하하! 이거다! 지귀의 힘이 느껴지는구나!"

철불가는 의기양양하게 김 대사에게 삿대질하며 소리쳤다.

"바로 여기! 덕담계 해적의 2인자이며, 모든 해적들의 1인자이신 삼면총해적주 괴물적의 수제자이며, 그 누구보다 잘생기고 싸움도 잘하고 영리하다 일컬어지며, 107범법이었다가 죄 하나를 더 지어 이 세상에 지옥문을 열게 될 108범법이고……."

"철불가! 그만하고 불이나 뿜어요!"

소소생이 말했지만 철불가는 굴하지 않았다.

"절대 죽지 않는다 하여 철불가사리로 불리며, 제2대 삼면총해 적주이자 신新괴물적이 나타났으니, 바로 이 몸이시다!"

철불가는 장인들을 향해 두 손을 뻗고 불꽃을 모았다. 장인들도 철불가의 기세에 움찔 멈췄다.

피시식, 철불가의 손바닥에서 불씨는커녕 가느다란 연기가 피어올랐다.

"뭐야? 이거 왜 이래? 왜 안 나오는 거야? 나와라, 나와!"

철불가는 손을 흔들고 제자리에서 뛰고 앞구르기 뒤구르기까지 해 보았지만 어떻게 해도 불길은 나오지 않았다.

"야, 불! 빨리! 주문이라도 필요해? 불 화火!"

그사이 우두머리 장인이 철불가를 집어 들었다. 장인의 거대한 손아귀에 잡힌 철불가는 온몸을 비틀어 가며 바둥거렸지만 장인의 손은 꿈쩍도 하지 않았다.

김 대사가 가마에 앉은 채 외쳤다.

“잘했다! 어서 그놈을 죽여!”

우두머리 장인이 철불가를 쥔 손에 힘을 주는데, 어딘가에서 울음소리가 들렸다.

“으아아앙. 엄마!”

무너진 담장 곁에서 혼자 울고 있는 아이가 보였다. 아이 엄마가 멀리서 아이를 향해 달려오고 있었다.

우두머리 장인이 아이의 울음소리에 움직임을 멈추자 김 대사가 인상을 찌푸렸다.

“장인! 저 시끄러운 아이부터 치워 버려라!”

우두머리 장인이 몸을 틀어 아이를 향해 가자 고래눈이 번개처럼 달려왔다.

“멈춰!”

고래눈은 재빠르게 아이를 안아 들었다.

“눈 꼭 감으렴. 엄마에게 가자.”

고래눈이 아이에게 미소를 지었다. 아이는 여전히 눈물이 흐르는 두 눈을 꼭 감았다.

고래눈은 한쪽 품에 아이를 안고 내달렸다. 아이를 놓친 우두머리 장인은 몇 걸음만에 고래눈을 따라잡았다. 고래눈이 오합도의 다섯 자루 검을 차례로 날려 우두머리 장인의 발길을 멈추려 했지만 역시나 장인은 끄떡없었다. 우두머리 장인의 손에 잡힌 철불가도 나름대로 불을 뿜어 보려고 애를 썼지만 시커먼 연기와 기침만 나올 뿐이었다.

우두머리 장인의 발이 고래눈과 아이를 향했다. 그 순간 열 십十자 모양의 섬광이 장인의 발목에 번쩍였다. 장인의 발목이 찢어지며 피가 뿜어져 나왔다.

"난승 검법!"

고래눈이 반가움과 놀라움이 섞인 투로 감탄했다. 고래눈 앞에 칼을 빼 든 고이랑이 서 있었다. 가마에서 지켜보던 고이랑이 결국 김 대사가 묶어 놓은 쇠사슬을 풀고 뛰어내린 것이었다. 쇠사슬 같은 것은 애초에 고이랑에게 문제가 아니었다. 단지 김 대사의 곁을 정말로 벗어날 결심이 서지 않았을 뿐……

크아아아악. 우두머리는 고통스러운 소리를 내지르며 철불가를 떨어트렸다.

"고이랑! 네가 그러고도 화랑이냐? 사군이충! 충성으로 주군을 섬긴다! 세속오계를 잊었느냐!"

철불가도 놓치고 고이랑도 달아나자 김 대사가 가마 위에서 날뛰었다.

"김 대사, 당신은 백성을 다스리는 관리의 의무를 저버린 것으로 모자라 역모를 꾀하고, 백성을 핍박하였소. 이제…… 당신은 내 주군이 아니오. 나는 이쪽에 서겠소."

고이랑은 김 대사를 똑바로 쳐다보며 고래눈과 아이의 곁에 가 섰다. 고이랑의 눈빛은 흔들림이 없었다.

고래눈이 놀라서 동그랗게 눈을 뜨고 물었다.

"어찌 된 것이오?"

"나에게 했던 말을 기억하시오? '칼을 겨눠야 할 곳을 제대로 알지 못하면 그대의 난승 검법은 오히려 화를 불러올 것'이라는 말을. 그 말의 뜻을 너무 늦게 깨달았소. 이제 선배의 가르침을 깊이 새기겠소."

고래눈이 물었다.

"선배라고?"

"세상일을 나보다 잘 알고 있으면 선배 아니겠소?"

"그렇다면 나도 고이랑 선배께 난승 검법을 배우고 싶소만."

고래눈이 오합도를 바로 쥐면서 말했다.

"배운다고 깨우칠 수 있는 것이 아니나……."

고이랑은 말을 끌다가 고래눈의 오합도를 보고 말을 이었다.

"천하제일검으로 불리는 이라면, 충분히 익힐 수 있을 거요."

고이랑은 고래눈에게 난승 검법의 요령을 일러 주었다. 칼을 쥐는 법부터 마음가짐, 무게 중심, 시선까지 고래눈은 고이랑의 가르침을 순식간에 흡수하였다. 정식으로 검을 배운 적도 없이 천하제일검이라 불리던 고래눈이 검법을 익히는 순간이었다.

"과연 뛰어난 검법이군."

고래눈이 난승 검법의 요령을 시험해 보며 감탄했다.

"선배가 아니었다면 지금 들은 내용의 8할은 이해할 수 없었을 거요. 화랑 중에서도 난승 검법을 배운 이는 손에 꼽으니 난승 검법을 사용하는 해적은 선배가 최초이자 마지막일 거요."

범이는 멀리서 싸우다가 이 모습을 보고 이를 갈았다.

"둘이 뭐야. 장인이랑 싸우는 중에 저 분위기 뭔데 지금!"

범이는 주먹을 불끈 쥐었다.

"야, 소소생, 너도 뭐라고 말 좀 해 봐!"

그런데 소소생은 어디로 갔는지 보이지 않았다.

"어디 간 거야? 야, 소소생! 소소생!"

한편, 철불가는 불을 뿜으려고 무진 애를 쓰고 있었다. 약을 먹긴 먹었는데 어째서인지 불이 나오지 않았다.

"보물! 엄청난 보물! 평생 쓰고도 남을 보물!"

철불가의 가슴에서 아주 작은 불씨가 생겨났으나 금세 푸시시시 소리를 내면서 잦아들었다.

"보물이 아니면 뭐지? 날 설레게 하는 게 대체 뭐야? 왜 가슴이 뜨거워지지 않는 거냐고!"

철불가는 답답한 마음에 가슴을 쳤다.

갑자기 어디선가 아름다운 음악이 울려 퍼졌다. 뜬금없이 바다선녀와 진설이 공후와 비파를 연주하며 나타났다. 무너진 월성 터에 떨어진 악기를 주워 든 것이었다. 바다선녀와 진설 뒤에서 소소생이 두루마리를 들고 나타났다.

진설이 바다선녀에게 속삭였다.

"이런 짓까지 해야 하오?"

"철불가가 지귀 힘을 쓰려면 별수 없다잖습니까."

바다선녀가 대답했다.

소소생은 헛기침을 하며 두루마리를 펼치고 교서를 읽었다.

"여기 있는 신라 제일 덕담인, 소소생의 청으로 임금님께서 내리는 어명이오. 만약 철불가라는 자가 적을 물리치고 나라의 종묘사직을 구한다면, 신라에 있는 금은 모조리 철불가에게 주고 그가 저지른 108가지 죄목을 사면할 것이니, 그리하면 철불가는 무고한 몸이 되어 아무에게 쫓기지도 않고 감옥 갈 걱정도 없이 신라 제일의 부자가 되어 자유롭게 살 수 있을거라 약속한다."

두근. 철불가의 가슴이 요동치더니 가슴에 불꽃이 피어올랐다.

"자유?"

두근두근. 가슴에서 시작된 불꽃이 순식간에 온몸으로 퍼져 나갔다. 번쩍. 철불가가 눈을 감았다 뜨자 검은색 눈동자가 붉은색으로 변했다. 덥수룩한 수염은 불타 버리고 날카로운 콧날과 매끈한 턱선이 드러났다. 손가락 끝, 발가락 끝까지 불꽃이 일어났다. 완연한 지귀가 된 것이다.

"으하하하! 자유라고? 게다가 금을 가진 자유? 와하하하!"

너털웃음을 짓는 철불가의 입에서 불길이 뿜어져 나왔다.

"과연 우리 덕담계 해적의 2인자답구나!"

소소생은 저도 모르게 눈물까지 글썽이며 벅찬 얼굴로 말했다. 이제 이 전쟁을 끝낼 수 있다면 자신이 덕담계 해적이고 아니고는 중요하지 않았다.

소소생은 철불가가 불을 뿜지 못하자 철불가가 평소 자주 말해 왔던 것을 떠올렸다. 항상 재물과 술을 탐하였지만 자유만은 얻지 못해 안달을 냈더랬다. 그래서 임금이 내린 교서처럼 꾸미고, 바다

선녀와 진설에게 악기 연주를 부탁해 분위기를 돋운 것이다.

불길에 휩싸인 철불가는 장인 부대 한복판으로 뛰어들었다. 철불가의 손과 발이 움직이는 대로 화려한 불꽃이 전쟁터를 뒤덮었다. 손을 휘두르자 회오리바람이 불꽃을 머금고 날아갔고, 발을 구르자 멀리서 불기둥이 솟았다. 용트림 한 번에는 분노한 용의 숨결처럼 토해진 불꽃이 장인을 휘감았다.

"역시 네가 없으면 안 되겠지."

어느새 철불가의 양손에는 불꽃으로 만들어진 쇠뇌가 들려 있었다. 발사대에 장식된 불타는 솔개가 마치 봉황처럼 보였다.

"네 이름은 봉황날이다."

양손에 들린 봉황날이 불화살을 쉼 없이 뿜어 댔다. 하여간 철불가는 할 수 있는 모든 난리법석을 떨며 장인들을 밀어냈다.

장인들이 고통스러워하며 주춤거렸다. 그 모습에 김 대사가 고함을 쳤다.

"뭐가 무섭다고 물러나? 승리가 코앞인데 무슨 짓거리야?"

이번엔 소소생이 고래눈의 광주리를 들고 달려왔다.

소소생은 광주리의 천을 벗기고는 아기 장인을 보며 소리쳤다.

"아기 장인! 이게 있으면 더는 괴롭지 않을 거야!"

광주리를 던지자 광주리에서 말린 풀이 쏟아져 나왔다.

"철불가!"

소소생이 외쳤다.

"아하하하하! 나만 믿어라! 나는 금을 가진 자유인이니까!"

철불가는 흩날리는 말린 풀을 향해 불길을 쏘았다. 손바닥에서 뿜어져 나온 두 줄기 회오리가 말린 풀을 태웠다. 연기가 퍼지며 매운 향기가 났다.

"아하하하하!"

철불가가 불길 속에서 붉은색으로 변한 눈동자를 번뜩이며 웃어 댔다. 마치 지옥문을 열고 나타난 마귀처럼 보였다.

"지옥굴을 열게 될 마귀. 구주제일마귀……!"

고이랑은 철불가를 보며 백팔괴담을 떠올렸다.

콜록콜록.

매캐한 연기에 여기저기서 기침 소리가 들렸다. 소소생과 고래눈, 고이랑도 바다선녀와 진설도 기침을 하며 눈을 비벼 댔다.

김 대사도 거친 기침을 뱉었다.

"겨우 저런 잡초를 태운 연기로 나를 막으려고! 하하… 콜록콜록. 나는 세계를 지배할 방법을 손에 쥐었다! 각오해라, 콜록!"

김 대사는 연신 기침하며 나팔에 대고 소리쳤다.

"저놈들을 쥐포처럼 납작하게 만들어 줘라!"

그런데 나팔 반대편에서 우우우우우웅 소리가 들렸다. 김 대사는 나팔을 들여다보았다. 장인의 귓구멍으로 연결된 나팔에서 관을 따라 흑갑신병들이 튀어나오고 있었다.

"이게 어떻게 된 거야? 다시 들어가! 장인 몸으로 들어가라고!"

김 대사는 장인의 귓구멍에서 나오는 흑갑신병을 막으려다 흑갑신병의 이빨에 손을 물렸다.

"으앗! 저리 가! 저리 가, 이놈들!"

김 대사가 고작 한 번 물린 걸로 아파서 데굴데굴 구르는 동안 다른 장인들의 몸에서도 흑갑신병들이 쏟아져 나오기 시작했다.

아기 장인도 흑갑신병 한 무더기를 뱉어 냈다.

"이 향은 모기 쫓을 때나 쓰는 것 아니오?"

고이랑이 물었다.

"그렇소. 연기를 피워 토끼를 굴에서 나오게 하는 것처럼 벌레 쫓는 향을 피워 흑갑신병을 몸에서 나오게 한 거요. 흑갑신병이 괴물이라 하나 본디 그 성질은 벌레이니 통할 거라 생각했소."

장동이 대답했다.

범이가 장동과 '그것'(범이는 동료들에게도 끝끝내 자신의 임무를 밝히지 않았다)을 찾는 동안 고래눈은 곳곳에 흩어져 있던 전前 해적들을 모으고 효과 좋다는 모기 쫓는 풀을 찾으러 다녔다. 개중에는 괴물 쫓는 데에 특효라는 가루도 있었다.

벌레 쫓는 풀을 태운 연기가 철불가의 불꽃으로 더 빠르게 퍼지자 장인들의 봄에 들어가 있던 흑갑신병들이 힘을 못 썼다.

"이 멍청한 것들아! 당장 움직이란 말이다!"

김 대사가 나팔에 대고 꽥꽥 소리를 질렀다. 흑갑신병이 몸에서 나가자 우두머리 장인도 제정신을 차린 듯 보였다. 우두머리 장인은 어깨에 지고 있던 가마를 손바닥으로 툭 쳐 냈다.

"으악!"

가마가 통째로 바닥으로 추락해 산산조각이 났다.

10

　장인들은 흑갑신병이 몸에서 나오자 눈동자에 초점이 돌아왔다. 제각기 돌아갔던 눈알이 제자리를 찾았고 주룩주룩 흘리던 침도 줄어들었다.

　흑갑신병들은 시커먼 떼를 지어 동해를 향해 날아가 버렸다.

　김 대사는 부서진 가마 아래에서 기어 나와 이를 뿌득뿌득 갈았다.

　"이 쓸모없는 놈들! 한 발짝만 더 갔으면 신라가 내 것이었는데! 그래, 다 죽어라!"

　김 대사는 죽은 병사가 쥐고 있던 칼을 들고 일어섰다. 김 대사는 눈앞에 있는 병사들에게 마구잡이로 칼을 휘둘렀다.

　철불가가 손가락을 튕기자 김 대사에게 불덩이가 날아갔다.

　김 대사는 스스럼없이 옆에 있던 소소생을 잡아다 세웠다. 소소생은 김 대사에게 붙잡혀서 불덩어리를 정통으로 맞았다.

"으악!"

소소생이 짧은 비명을 지르고 털썩 쓰러졌다. 시뻘건 불길이 화마처럼 커져서 소소생과 그 주변까지 집어삼켰다. 김 대사는 그 틈을 타 뒷걸음쳐 달아났다.

철불가는 놀라서 손을 거두었지만 이미 소소생은 불길에 휩싸인 뒤였다.

"안 돼!"

고래눈과 고이랑이 망토와 겉옷을 휘둘러 소소생의 몸에 붙은 불을 껐다.

불길이 전부 잡힌 자리엔 시커먼 그을음과 잿더미만 남아 있었다. 주변은 연기로 자욱해 한 치 앞도 보이지 않았다. 매캐한 연기에 코끝이 얼얼했다.

철불가는 그을음 한가운데 사람 형체처럼 쌓여 있는 잿더미를 발견했다. 철불가는 잿더미 앞에 털썩 무릎을 꿇었다.

"소소생……? 설마…… 죽은 게냐? 소소생!"

철불가는 재를 움켜쥐고 비통한 얼굴로 울부짖었다. 그는 잿더미에 얼굴을 비비고 두 주먹으로 바닥을 쳤다. 파스스스 철불가의 두 손에 쥔 재가 바람에 날렸다.

"소소생! 소소생아!"

"뭐 하세요?"

"응?"

틀림없이 소소생의 목소리였다.

철불가가 고개를 들었다.

소소생이 연기 속에서 몸을 일으키며 물었다. 소소생은 철불가가 움켜쥔 잿더미 바로 옆에 누워 있었다.

"설마 그거 눈물?"

소소생이 질색하며 묻자 철불가는 눈에 차오른 눈물을 손등으로 훔치며 고개를 돌렸다.

"여, 연기가 너무 맵구나. 콜록콜록."

철불가는 괜히 헛기침을 했다.

"이 잿더미는 뭐야? 넌 어떻게 지귀의 불꽃을 맞고도 멀쩡한 거냐?"

철불가는 잿더미와 소소생을 번갈아 보았다.

"그거, 제가 아까 입고 있던 갑옷 같은데요? 전 백룡피를 입고 있었거든요."

소소생은 김 대사의 백룡피를 두르고 있었다.

조금 전 고이랑은 가마에서 뛰어내릴 때 김 대사가 벗어둔 백룡피를 챙겨서 나왔다. 고래눈은 고이랑에게 받은 백룡피를 가짜 교서를 꾸밀 때 소소생에게 준 것이다. 고래눈이 주는 것이라면 무엇이든 넙죽 받는 소소생은 의심도 없이 그 자리에서 백룡피를 걸쳤다. 그 덕에 철불가가 날린 지귀 불꽃에도 털끝 하나 다치지 않고 무사할 수 있었다.

"두고 보자. 소소생! 철불가!"

김 대사는 이를 악물고 달아나고 있었다. 허둥지둥 무너진 성벽 앞의 언덕에 오르자 별안간 땅바닥이 움직이기 시작했다. 김 대사의 발밑에서 성벽 잔해에 가려져 있던 아기 장인의 손바닥이 모습을 드러냈다. 아기 장인은 두 손바닥으로 김 대사를 꽉 감싸 쥐었다.

키키키키킥. 키키키키킥. 아기 장인은 김 대사를 보고 활짝 웃어보였다. 키가 스무 척이나 자랐지만 아기 장인은 김 대사가 자신에게 했던 짓을 잊지 않았다.

"으악! 뭐야! 놔, 놓으라고! 이거 놔!"

장인들은 아기 장인이 붙잡은 김 대사를 보고 기이한 웃음소리를 냈다. 마치 몸을 푸는 듯 팔을 붕붕 돌리고 발목을 빙글빙글 돌리는 장인들도 있다. 장인들은 섬뜩한 눈빛으로 김 대사를 데리고 돌아섰다. 그들은 우두머리 장인과 아기 장인을 선두로 서라벌을 떠나 바다로 나아갔다.

"내가 신라를 정복하면 너희에게도 나라를 나눠 주마. 우두머리 너는 동방을 다스리는 왕이 되고, 스무 척 너는 서방을 다스리는 왕이 되어라. 그러니 다시 내 말을 따라라. 응? 제발?"

김 대사의 말은 명령에서 부탁으로, 다시 울부짖음으로 이어졌다. 놈들은 김 대사를 꼭 쥐고 서라벌을 벗어나 바다를 건너 사라

졌다.

고래눈이 말했다.

"어디로 가는 걸까?"

소소생이 답했다.

"장인국으로 돌아가서 처리하려는 거 아닐까요?"

전쟁터의 연기처럼 모든 것이 사라지고 사건은 일단락되었다.

장인들이 서라벌을 떠나자 은산호와 마귀침, 털보와 백적계 해적들도 농사를 지으러 자신의 거처로 돌아갔다. 금저를 탄 바다선녀도 소소생과 고래눈에게 작별을 고하고 합포 앞바다로 돌아갔다. 해적들은 삼면총해적주께서 부르시면 언제든 달려오겠다고 약속했다.

시간이 흘러 금저는 다시 긴 잠에 들었고 바다선녀도 됩섬에서 한가로이 살아간다는 소식을 들을 수 있었다.

장동도 서라벌을 나서 자취를 감췄고, 진설도 자신의 근무지인 산성으로 돌아갔다.

범이와 고래눈도 해적선으로 돌아갈 시간이었다.

"소소생, 다음에 볼 때는 키 많이 커서 와라? 삼면총해적주가 나보다 작아서야 면이 서겠냐?"

범이가 끝까지 소소생을 약 올리며 자리를 떴다.

마지막 남은 고래눈은 소소생과 마주 섰다.

"바다는 모든 것을 품지. 모든 이야기를 알고 있는 바다야말로 진정한 덕담꾼일지도 모르겠다. 바다에서 또 만나자."

고래눈은 소소생의 뺨에 가볍게 입을 맞추었다. 소소생은 머리가 펑 터질 것처럼 빨갛게 달아올랐다. 고래눈도 볼이 발그레해졌다. 고래눈은 재빨리 몸을 날려 월성 밖으로 사라졌다.

소소생은 고래눈이 고쳐 주었던 삼면총해적주 지휘봉을 소중히 품에 넣었다.

그렇게 모두 제 갈 길을 가는 듯하였는데…….

철불가는 고이랑을 따라 서라벌 왕궁으로 들어섰다. 대각간이 있는 곳으로 불려간 철불가는 정말로 사면을 받는 것인가 기대하였다. 대각간은 월성이 공격받는 내내 임금 옆에 붙어 있다가 상황이 정리되자 모습을 드러냈다.

"철불가. 네놈이 지귀가 되어 장인을 물리친 것이 맞느냐?"

"그렇습니다."

"구주제일마귀, 덕담계 해적 2인자, 신괴물적이라 불린다는 것도 사실이냐?"

"말해 뭐합니까."

철불가는 쑥스럽다는 듯 손사래를 쳤다.

"저놈을 처형하라."

대각간이 고이랑에게 명했다.

"예? 미쳤습…… 아니 제정신…… 아니, 무슨 착오가 있으신 것 같은데요? 나라를 지키고, 백성을 살리고, 대각간의 목숨도 구했는데 상을 주지는 못할망정 왜 그러십니까?”

“네 말대로다. 장군과 대신도 못한 일을 하찮은 해적 따위가, 그 것도 107범법이니 108범법이니 악명 높은 자가 장인과 김 대사를 물리쳤다는 게 알려지면 백성들의 마음이 어떻겠느냐.”

“후회하실 텐데……?”

협상의 여지가 없자 철불가가 턱을 치켜들고 거드름을 피웠다.

“대각간 체면 생각해서 내가 가만있으려고 했는데, 안 되겠네. 내가 누군지 아십니까? 불맛 좀 봐야 정신을 차리시려나? 후후.”

철불가는 기합을 넣고 두 손을 뻗었다. 눈을 감고 불을 피우려 고 정신을 모았다.

“이얍!”

작은 불꽃이 철불가의 손가락 끝에 피어났다. 하지만…….

‘이제 금은 다 날아간 거야? 자유도 날아간 거고? 젠장. 다시 해 적질이나 하면서 도망다녀야 하는 거냐고.’

자꾸만 드는 딴생각에 피어난 불꽃이 훅 꺼졌다.

“흡!”

이번에도.

‘내 금. 금이라도 달라고. 아니 자유를 주던가. 아니 둘 다 줘.’

불꽃은 금세 사그라들었다.

“뭐 하는 건가?”

대각간은 철불가를 보고 노여운 목소리로 말했다.

“아니, 내가 지귀거든. 내 힘을 보여 줄 테니…….”

대각간은 철불가의 말을 자르고 고이랑에게 명했다.

"고이랑, 자네를 궁의 호위대장으로 임명하니, 저 미친놈을 당장 처형하여 나라의 기강을 바로잡도록 하라!"

"예!"

"아니, 저기 기다려 보라니까. 이얍! 얍!"

철불가는 끝내 고이랑에게 붙들려 궁 밖으로 끌려 나갔다.

"아니 저기, 고이랑, 우리 한때 좋은 사이였지 않나. 어?"

고이랑은 철불가의 말을 듣는 시늉도 않았다.

"죄인은 무릎을 꿇어라."

고이랑은 월성의 무너진 성벽 앞으로 철불가를 끌고 가 정강이를 걷어차 무릎을 꿇렸다.

"고이랑! 이렇게까지 할 거 있나? 나 철불가야. 자네의 친구!"

"화랑은 해적과 손을 잡을 수 없다."

고이랑은 매서운 눈으로 철불가의 목에 칼을 겨눴다. 철불가는 솔개날을 집으려 허리 뒤춤에 손을 가져갔다. 하지만 지귀로 변했을 때 쓰고 어디 두었는지 잡히지 않았다.

솔개날도 없는 상황에서 고이랑이 난승 검법을 쓴다면 철불가는 꼼짝없이 죽게 될 판이었다.

갑자기 고이랑이 하늘을 올려다보더니 큰 소리로 말했다.

"왜 이렇게 눈이 간지럽지. 뭐가 들어갔나."

서당 아이들이 천자문을 외듯 또박또박한 말투였다. 고이랑이 두 손으로 눈을 비볐다.

“내가 빼 줄까? 뭐가 들어갔나?”

철불가가 너스레를 떨며 다가가려 하자 고이랑은 계속 눈을 비비며 딴청을 했다.

“눈이 간지러워서 앞을 볼 수가 없네. 아무것도 안 보여서 누가 달아나도 알 수가 없겠군.”

고이랑이 눈을 비비는 척하며 허리춤에 차고 있던 솔개날을 바닥에 던졌다. 철불가가 장인이 떠나고 나서 솔개날을 떨어트렸을 때 고이랑이 챙겨둔 것이었다.

그제야 철불가는 고이랑의 뜻을 눈치챘다.

“하 거 참. 내 매력이 드디어 이 답답이에게까지 미쳤군.”

철불가는 역시나 자화자찬하며 솔개날을 챙겨서 무너진 월성 벽을 넘어 달아났다. 궁의 호위군이 쫓아올까 봐 한참을 달리던 철불가는 골목 어귀에 누군가 있는 것을 보았다.

“녀석, 날 기다리고 있던 게냐?”

철불가가 반가운 얼굴로 물었다.

소소생은 뚱한 얼굴로 두부 한 모를 내밀었다. 뜨끈뜨끈한 김이 모락모락 나는 것이 막 만든 것 같았다.

“헛!고생하셨습니다. 두부 좀 드세요.”

철불가는 의아하단 얼굴로 두부를 한입에 넣었다.

“감옥에서 나오면 두부를 먹는 게 언제부터 생긴 유행이냐?”

우물우물 씹던 철불가는 고개를 갸웃거렸다.

“어째 맛이 이상한데? 상한 거 아니냐?”

소소생이 아무렇지 않게 답했다.

"지귀 힘을 없애는 약을 두부에 탔거든요."

"뭐? 안 돼! 퉤 퉤!"

철불가는 두부를 억지로 뱉었지만 이미 거의 삼킨 후였다.

"철불가처럼 욕망과 세속의 더러움이 똘똘 뭉친 사람이 지귀가 된 것을 두고 볼 수는 없다고, 장동 님이 그러셨거든요. 두부도 먹였으니 저는 할 일 다했습니다. 정말로 영원히 안녕입니다."

소소생은 철불가에게 허리를 숙여 인사하고 홱 돌아섰다.

"야! 소소생! 너 나한테! 퉤 퉤!"

철불가는 두부를 게워 내려고 했지만 이미 약 기운이 몸 곳곳에 퍼졌는지 아무리 불꽃을 일으키려 해도 소용없었다.

소소생은 철불가를 뒤로 하고 길을 걸었다. 노래가 절로 났다.

"소소생 가는 길, 막을 자 누구냐."

지긋지긋한 철불가와 멋있는 고래눈. 그동안 만났던 여러 인연 덕에 소소생은 달라졌다. 겁이 없어졌다고 할까. 어떻게든 살아남으려고 애쓰게 되었다고 할까. 소소생은 씩씩하게 걸어 나갔다.

옛 백제나 고구려 땅까지 여행을 해 볼까. 한 치 앞도 모르는 삶이지만 그래서 재미있지 않은가.

철불가는 냉큼 소소생을 따라나섰다.

"소소생? 어디 가는 게냐?"

"누구세요?"

소소생이 모른 체를 해도 철불가는 꿋꿋하게 따라가며 말을 붙었다.

“저기 바다 멀리 어느 번화한 외국 땅에 말이다, ‘하하호호夏夏好好’라는 금서가 있단다. 그 책이 왜 금서인 줄 아느냐?”

“관심 없습니다.”

“하하호호가 사람을 죽이는 책이기 때문이지. 글쎄, 그 책은 세상에서 가장 웃긴 이야기만 모아 놓았는데, 열 장을 연달아 읽으면 웃느라고 숨을 못 쉬어서 죽는다지 뭐냐?”

“에이. 설마요.”

철불가는 놓치지 않았다. 소소생의 눈동자가 흔들리는 것을.

“진짜라니까? 괴물도 있는데 사람을 웃겨서 죽이는 금서는 없을까? 내가 하하호호를 찾으러 갈까 하는데.”

“귀찮습니다.”

이번에도 철불가는 놓치지 않았다. 소소생의 귀가 쫑긋거리는 것을. 어느새 멈춰선 것을.

“하하호호를 찾으면 너도 우리 준희, 그러니까 네가 좋아하는 박준희 선생보다 뛰어난 덕담꾼이 될 것 같은데.”

"어디에 있는데요? 그냥 물어보는 거예요. 어디에 있는지만. 궁금할 수 있잖아요."

"그럼 그럼. 궁금할 수 있지. 그 책에 무슨 덕담이 있길래 그렇게 웃기는지 궁금하지? 궁금해 죽겠지?"

소소생은 철불가와 발을 맞춰 걸었다.

두 사람은 어느새 이런 노래를 흥얼거렸다.

"소소생 가는 길, 막을 자 누구냐."

"철불가 가는 길, 막을 자 누구냐."

『크리처스: 신라괴물해적전』 끝

해당 도감의 그림과 설명은 문헌 기록을 참고하였으며,
괴물 수집가로 널리 알려진 곽재식 작가의 상상력과
감수를 토대로 재해석하였음을 밝힙니다.

병조

머리 깃이 투구처럼 솟아 있고 검은 부리가 창처럼 길어 불길한 징조를 상징하는 괴물. 병조가 나타나면 나라에 가뭄이 들거나 역병이 돌거나 최고 권력자가 교체되는 등 나라에 큰 재앙이 일어난다고 믿었다. 특정한 곳에 사는 괴물이 아니라 나라에 큰 변고가 생기기 전에 갑자기 신라 서라벌이나 궁궐 근처에 나타난다.

천마

지상과 천상을 자유롭게 오가는 눈부시게 새하얀 백마다. 신라의 시조 박혁거세가 알에서 태어날 때, 하늘에서 내려와 절을 하고 다시 올라갔다는 이야기가 전해진다. 신라에서는 '하늘이 선택한 왕'의 상징으로 천마가 나타난다고 한다. 죽은 이의 영혼을 무사히 저승에 도착하도록 돕는 신령스러운 존재로 여긴다.

크리처스 10: 신라괴물해적전
괴물 대결전 편 下

1판 1쇄 인쇄 2026년 3월 13일
1판 1쇄 발행 2026년 3월 27일

글 곽재식, 정은경
그림 안병현
펴낸이 김영곤
펴낸곳 (주)북이십일 아르테

프로젝트4팀장 김미희
기획개발 신세빈 이영애 김시은
디자인 임민지 박지영
마케팅영업부문 정지은
영업팀 김지윤 강경남 김도연
e-커머스팀 장철용 명인수 황성진
아동마케팅팀 나은경 이정은 박가은
제작팀 이영민 권경민

출판등록 2000년 5월 6일 제406-2003-061호
주소 (우 10881) 경기도 파주시 회동길 201(문발동)
대표전화 031-955-2100 **팩스** 031-955-2151
홈페이지 www.book21.com

ISBN 978-89-509-2692-2 (44810)
　　　 978-89-509-0969-7 (세트)